L'AMBRE ENFLAMMÉE

E.J JANN

Copyright ©2024 E.J Jann.

Édité par EJ Jann.

Couverture et mise en page : Anna Wendell.

Correction : Julie Tortonda / Mélissa Thierry.

Illustrations : Émilie Weiss / La romance livresque.

Dépot légal : mai 2024.

Achevé d'imprimer en France par Amazon.

ISBN : 9782958892579

ejjann.auteure@gmail.com

D'après l'idée originale de : E.J JANN.

Note de l'autrice

Le livre que vous tenez entre vos mains est un spin-off centré sur Neysa, ne vous étonnez donc pas qu'elle soit la seule à apparaître et que votre chouchou ne soit pas présent.

L'histoire ci-après se déroule entre la fin du tome 1 D'ambre & D'Obsidienne et celle de l'épilogue.

Vous trouverez dans le livre des passages à lire en musique. Juste avant, l'icône apparaîtra et le titre vous sera donné.

Bonne lecture et bon voyage.

À toute la Team Kalhan

À toutes les petites cacahuètes dont les mamans sont de grandes lectrices.
Aux Iris qui s'épanouissent.
À toi, ma choupinette.

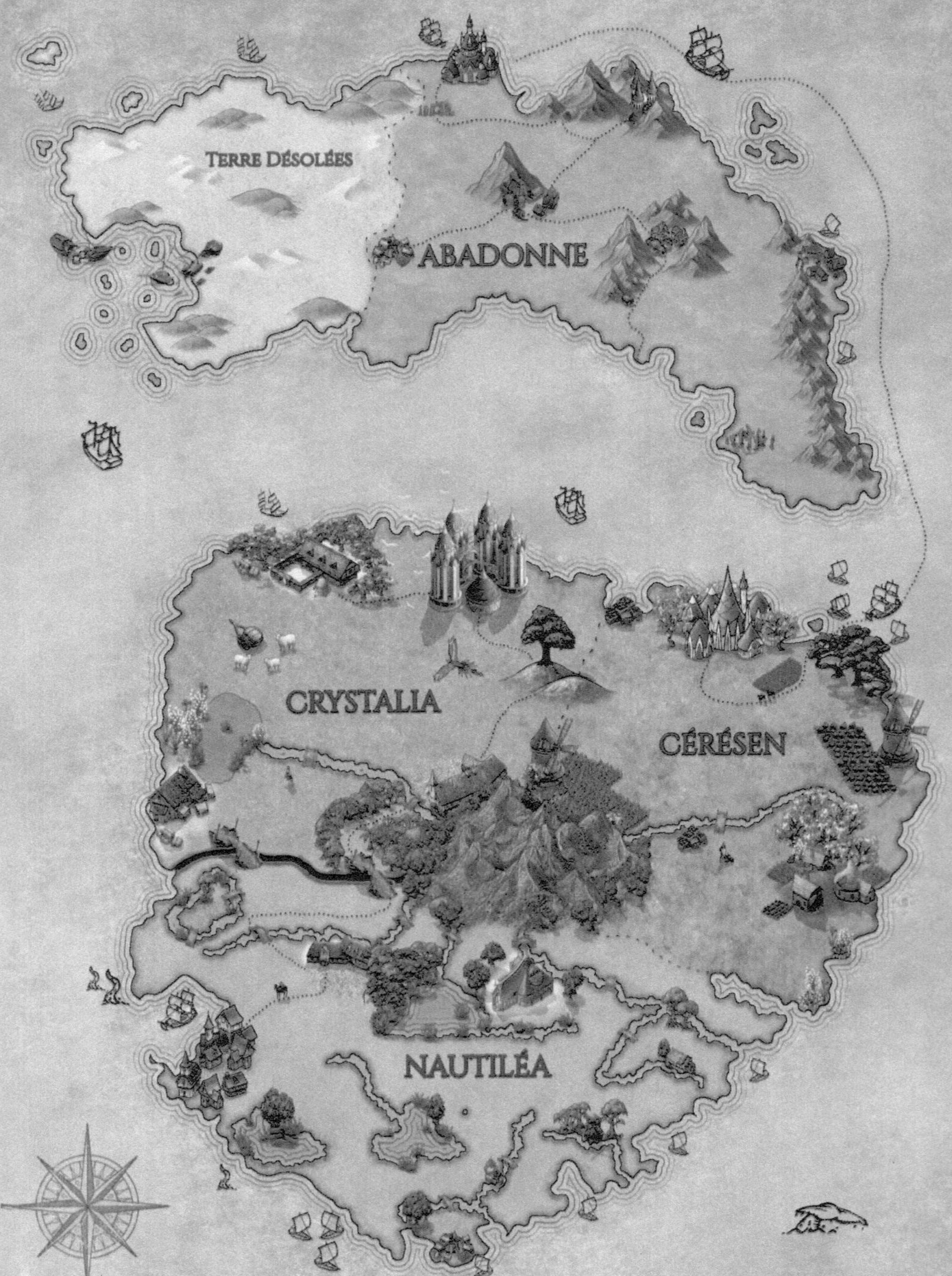

Terre Désolées
ABADONNE
CRYSTALIA
CÉRÉSEN
NAUTILÉA

Résumé

Dans le tome précédent :

Un nouvel Éveil a eu lieu et, comme annoncé par la prophétie qui bouscula le monde, le royaume de Crystalia est celui choisi pour gouverner les trois autres.

Neysa, la jeune princesse de vingt-trois ans à qui peu de choses font froid aux yeux, est victime d'une tentative d'assassinat dans la soirée qui suit ses retrouvailles habituelles avec les héritiers de Cérésen : Lortan et Emilia.

Pris au dépourvu par sa capacité à se battre, le *Servus Mortis*, célèbre tueur dont la réputation est connue de tous, se retrouve mis à terre par la jeune femme.

Les choses ne se passent pas comme prévu et le tueur qui l'avait sauvée in extremis dix ans auparavant lors d'un kidnapping par les hommes d'Abadonne retourne la situation en prenant l'avantage.

Prise au piège par celui que tous redoutent, Neysa n'a que faire de sa colère, la sienne l'égalant au moins tout autant. Après une nuit que les deux pourraient qualifier d'enfer, ils décident de s'allier, scellant un pacte des âmes en donnant un bout de la leur à l'autre.

Ce pacte, ne pouvant être effectué que par des gens possédant une magie rare et disparue, leur permet, à leur plus grand désespoir, de communiquer via la pensée.

Commencent alors un voyage et une traversée vers le royaume d'Abadonne où les deux ennemis - qui ne cessent de se chercher - rencontrent moult personnages.

C'est en Nautiléa, lors d'une nuit dans une auberge que Neysa fait la connaissance de Maëline, une jeune Abadonnienne qui va se voir forcée de rentrer sur ses terres suite à l'agression dont Neysa l'a sauvée.

En quête de vengeance et comme personne ne doit la reconnaître, Neysa prend le nom de Brÿanna, celui qu'elle fournira désormais à tous.

Les trois compagnons embarquent à bord de la vieille marchande, navire qui verra naître de nombreux rapprochements, et une amitié à toute épreuve.

Pendant le voyage, alors qu'un Nautiléen hautain du nom de Jérémia Martinnsen ne cesse d'essayer de se rapprocher de la jeune femme, Kalhan, lui, s'occupe de ses affaires en liquidant un des membres de l'équipage.

Plusieurs jours plus tard, alors qu'ils débarquent sur la terre de ceux qui ont orchestré le meurtre de son petit frère plus de cent cinquante ans auparavant, Brÿanna, Maëline et Kalhan font halte pour la nuit dans une taverne, où l'ancienne maîtresse de Kalhan va semer la zizanie, mais également être la source d'un rapprochement de plus entre les deux amants.

Perdue dans ses sentiments pour celui qu'elle déteste, mais qu'elle ne peut chasser de ses pensées, la jeune Crystalienne ne voit pas la route défiler jusqu'à Trémontane où, à sa plus grande surprise, elle rencontre les trois compagnons du *Servus Mortis*.

Dayan, le géant taquin, et lanceur de boulettes pour couronner le tout.

Meerena, la fine lame possédant une armurerie de poignards sur elle.

Et Zékiel, l'homme mystérieux ayant les mêmes yeux qu'elle.

Les trois camarades du *Servus Mortis* connaissant l'identité de Brÿanna, leur accueil est agressif, mais stoppé par Kalhan qui libère

son pouvoir, menaçant pour la première fois ceux qu'il a toujours considérés comme sa famille.

Le choc passé et les présentations effectuées, Neysa découvre une autre facette de celui pour qui son cœur ne cesse de s'ouvrir de plus en plus.

Après une nuit des plus torrides et une séparation larmoyante avec sa nouvelle amie, Neysa se retrouve seule à un bal donné en prévision de l'anniversaire du roi d'Abadonne : Khorse.

C'est là-bas qu'elle rencontrera le prince Kieran et apprendra que son meilleur ami Lortan est en vie, contrairement à ce que Kalhan lui avait fait croire depuis le début.

Les explications sont mouvementées, et après une dispute qui les brise tous les deux suivie d'une agression sur la jeune princesse, les deux amants finissent par s'avouer leurs sentiments, scellant le lien qui les unit et qu'ils redoutaient : celui d'âmes sœurs.

Quelques jours passent et alors qu'ils pensent être prêts pour la vengeance qu'ils attendent tous, la situation se retourne et les cinq compagnons se retrouvent pris au piège du couple royal, au courant de leur arrivée.

Neysa, Meerena, Zékiel et Dayan sont séparés de Kalhan et torturés par les dirigeants d'Abadonne tandis que le *Servus Mortis* subit un assaut acharné de la part de la garde royale, avant d'en venir aux mains avec l'héritier du trône : Kieran.

De leur côté, les trois amis se voient déjà mourir quand le pouvoir que Neysa avait toujours eu en elle se déchaîne, les sauvant grâce au don de Kalhan.

Décapités par le feu, il ne reste sur le sol que deux cadavres sanglants au moment où Neysa ressent la douleur de Kalhan par leur lien. Elle se précipite alors à travers les corps et les couloirs maculés de rouge pour surgir dans la salle du trône, où l'Élévation divine lui révèle que l'homme qu'elle aime n'est autre que le fils de ses ennemis.

Chapitre 1

Six jours après l'Élévation.

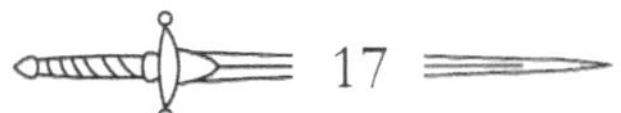
Écoute : L'âme du phénix, Yuston XIII (3.29)

Il n'y avait plus de lumière, plus d'espoir.

Il ne restait que la colère, le noir.

Brisée et trahie.

Énervée et Anéantie.

Les étoiles avaient disparu. Le ciel n'était plus rien qu'une immensité sombre. Comme si les astres de son esprit savaient à quel point Neysa était anéantie. Comme si les lumières qui brillaient à une époque révolue se cachaient pour l'empêcher de sombrer. Pour qu'elle ne puisse même plus croiser son reflet, qu'elle puisse enfin souffler et cesser de se dégoûter.

Elle l'avait suivi.

L'avait séduit.

Elle était allée jusqu'à se donner à lui.

Son âme sœur, un tueur.

Elle le savait, l'avait accepté.

Elle savait ce qu'il était, avait vu au-delà, s'en était accommodée et lui avait succombé.

Elle savait ce qu'il était. Elle n'avait en revanche aucune idée de qui il était.

Le fils aîné de Khorse et Mayden.

La progéniture de ceux ayant commandité l'assassinat de son petit frère.

Le premier né de ceux qu'elle avait tués.

Enfin non… pas réellement elle.

Les fragrances de bois brûlé saturaient les narines de Neysa, le crépitement des flammes léchant la surface dure emplissait ses oreilles, laissant un agréable bruit de fond qui étouffait les cris de son âme meurtrie.

Accoudée à la balustrade du bateau la ramenant vers le continent qui l'avait vue naitre, elle fixait l'horizon, préférant rester éveillée plutôt que sombrer dans un endroit où son subconscient l'emmènerait retrouver son plus grand cauchemar.

Ce jour arriverait en vrai, elle le savait.

Il n'y avait pas une seule parcelle d'elle qui doutait de revoir dans un futur plus ou moins proche le nouveau souverain d'Abadonne.

Roi d'Abadonne… pensa-t-elle, ses mains se crispant sur la rambarde.

Du moins ce qu'il en restait.

Ses yeux quittèrent la surface calme de la mer où l'éclat d'une lune pleine brillait et illuminait la nuit de reflets argentés. Ses ongles

s'enfoncèrent dans l'extérieur plus mou du bois, que les embruns de l'océan attendrissaient. Elle aussi, il y avait quelques jours encore, était perméable, molle… amoureuse.

Ce mot l'écœura tant qu'un morceau de bois se détacha, tombant dans l'ombre du bateau avec pour seul témoin le bruit qu'il fit en percutant l'eau.

La princesse se tourna, découvrant la volute désormais enroulée dans le vide.

Un battement de cils, elle se déplia.

Une inspiration, elle ondula dans la brise marine.

Allez, chuchota en pensée l'ancienne amante du monstre, regardant son dernier cadeau lâcher le bois.

Ses ténèbres enflammées se détachèrent, se décollant des barreaux de la rambarde en laissant derrière elles les marques de leur passage.

Des craquelures rougies par la ferveur des flammes striaient les montants qui tenaient encore. Les volutes se rétractèrent, léchant la peau de la jeune femme en laissant onduler à sa surface une vague de chaleur qui soulagea son être. Elle espérait que cette sensation de calme, le léger répit qu'elle ressentait lorsque les tentacules de feu s'enroulaient autour d'elle était dû à la température salvatrice qu'elles dégageaient et non au fait que ce pouvoir soit un morceau de *lui.*

Elles étaient les seules à être capable d'apaiser les tourments de son cœur, à stopper le galop effréné de ses pensées. Seules les flammes autour d'elle devenaient une distraction assez grande pour occulter la culpabilité qui courrait dans ses veines, pour éloigner le dégoût qu'elle éprouvait pour elle-même, et surtout, pour faire taire son esprit qui désirait déjà lui pardonner.

Elle le haïssait depuis la seconde où elle l'avait découvert debout dans cette salle, depuis la seconde où elle avait compris non seulement sa véritable identité, mais aussi qu'il l'avait manipulée.

Il s'était servi d'elle pour atteindre son but.

« *Ne les tue pas* » lui avait-il fait promettre.

Et comme une sotte elle l'avait fait.

Elle avait souri et lui avait accordé son entière confiance. Elle s'était mise à nu, lui avait ouvert son cœur et…

Quelle connerie !

Le cours de ses pensées fut coupé par la même chose qu'elle ressentait chaque soir depuis sa fuite : son appel.

Voilà la première raison pour laquelle elle ne gardait pas son pouvoir sous contrôle, la principale cause de ses flammes réduisant en cendres le navire qu'elle avait requis. Elles bloquaient Kalhan.

Son esprit vibra de cette sensation si particulière, si propre à lui.

Elle le sentait, où qu'il soit.

Quel que soit ce qui les séparait désormais, leurs âmes étaient liées à un point tel qu'elle savait qu'elle l'entendrait même à l'autre bout du monde.

Aucune distance physique ne l'éloignerait jamais assez d'*elle*.

Ils ne faisaient qu'un d'une façon qu'elle ne parvenait pas à appréhender. Cela ne lui posait pas de souci avant.

Avant…

La corde vibra, plus forte, autoritaire.

Kalhan était en colère, elle le sentait.

Bien, renifla-t-elle d'un air dédaigneux.

La connexion entre eux s'intensifia en même temps qu'une bourrasque fit voler sa chevelure, retrouvant enfin sa couleur naturelle après la seconde dose de pigment qu'elle s'était appliquée avant l'anniversaire du Roi.

Neysa…

Elle l'entendit, cette voix basse, ce son rauque qui lui nouait la gorge et fendait son cœur bien plus qu'il n'était permis de le faire.

Neysa…

Le désespoir.

Elle le percevait.

À travers les terres et la mer qui les séparaient. Elle pouvait le détester autant qu'elle le voulait, son corps entier ne demandait qu'à le consoler en sentant la peine qui emplissait le *Servus Mortis*.

Mais la colère du Roi n'avait d'égale que la haine de la princesse.

Sa détresse n'avait pour seule adversaire que la souffrance de Neysa.

Brûle, songea-t-elle.

Et en un battement de cils, en un instant si rapide qu'il serait impossible de le capturer, le feu l'entoura, les volutes qui s'étaient réfugiées sous sa peau embrasèrent l'atmosphère. Un nuage de braise vola bientôt dans la nuit, la protégeant de tout ce qui pourrait arriver, la séparant de lui, l'empêchant, elle, de craquer.

Elle inspira, gonflant ses poumons de l'air froid et salé, apaisée de s'être isolée, d'avoir pu couper momentanément cette connexion. Elle n'avait jamais répondu à son appel, laissant à l'esprit de Kalhan une porte close.

Neysa comprenait mieux son pouvoir désormais. Elle s'était promis en quittant Calhunma que plus jamais elle ne l'utiliserait, mais était vite revenue sur sa décision lorsqu'elle en avait perdu le contrôle en se réveillant d'un cauchemar. Égarée dans les limbes de ses terreurs sur le pont du bateau, ses volutes indomptées battant l'air sous les yeux du capitaine apeuré, elle n'avait réussi à respirer qu'en entendant l'appel de Kalhan et en sentant son feu l'entourer, l'éloigner, la mettre hors de sa portée.

Alors elle avait appris, quelques essais lui avaient suffi pour comprendre quelles émotions les libéraient, puis finalement, elle leur parlait. Comme un bras qu'on lève sans y penser pour s'emparer d'un verre, elle n'avait qu'à songer à les voir pour les sentir se déployer.

Dans sa bulle l'isolant du monde, la brise caressant sa nuque d'un toucher frais, une larme coula, une seule.

Perle salée dévalant sa joue jusqu'à ce qu'un léger nuage de vapeur s'élève quand la volute voulut l'essuyer, frôlant sa peau sans la blesser.

La princesse se secoua, épongeant d'un revers de poignet ses yeux embués.

Ressaisis-toi.

Elle quitta le pont, s'engouffrant à l'intérieur du bateau en s'interdisant de penser aux dernières fois où elle avait descendu un escalier pour rejoindre sa cabine.

Elle s'enferma à double tour, pas parce qu'elle avait peur que quelqu'un s'en prenne à elle, peut-être simplement pour fermer l'accès à l'extérieur comme elle refusait à son cœur de se demander qui lui avait réellement effleuré la joue.

Chapitre 2

Neysa sourit en humant les effluves de cette terre qu'elle aimait tant sentir emplir les couloirs du navire. Les odeurs sucrées dansaient dans ses narines, volaient sur sa peau lorsqu'elle sortit dans l'air tiède de la fin de matinée. Elle n'avait pas besoin de lever le bras, de humer l'intérieur de son poignet pour savoir qu'elle y trouverait le parfum de ces pêches dont elle raffolait.

— Terre ! lui lança le capitaine depuis la plateforme surélevée, en pointant le doigt dans la direction qu'il indiquait.

Neysa lui sourit en s'approchant de la proue, son cœur faisant un bond en voyant la côte abrupte au loin. Comme si un être divin avait un jour décidé de fendre le sol en deux, à l'endroit où Abadonne était à l'époque attachée se trouvait désormais une gigantesque falaise, et derrière, les terres riches de Césésen.

Emilia, pensa Neysa en inspirant une bouffée de l'air si particulier du pays où vivait son amie.

C'était égoïste, mais elle n'avait pas voulu retourner à Crystalia. Après tous les mensonges que lui avait servis Kalhan, elle en venait à se demander ce que ses parents croyaient réellement.

Alors, peut-être par lâcheté, elle avait sauté sur l'occasion quand leur navire avait croisé le premier bateau courrier pour envoyer une lettre au roi et à la reine de Crystalia.

Partout en mer, à divers points stratégiques, des navires étaient stationnés, permettant aux oiseaux messagers de s'arrêter lors de leur traversée. À leur bord s'en trouvait aussi prêts à s'envoler au cas où les bâtiments marchands n'en avaient pas, ou qu'une urgence se présentait.

Neysa n'avait pas eu besoin de grand-chose de plus qu'échanger le collier qu'elle portait lors de l'anniversaire de feu l'enfoiré Khorse pour réquisitionner un navire, préférant taire encore un moment son identité.

La paire de boucles d'oreilles assortie avait suffi à convaincre le capitaine du bateau courrier d'envoyer deux oiseaux, l'un à ses parents dans lequel elle expliquait absolument tout, passant seulement sous silence son rapprochement avec le *Servus Mortis*. L'autre était destiné à son amie Emilia, à qui elle assurait sa bonne santé et qu'elle prévenait de sa venue en Cérésen, n'en disant pas plus puisqu'elle ignorait ce que croyait la princesse.

Les deux lettres étaient arrivées maintenant, cela était certain, ce qui ne l'était pas était le reste :

Qui savait quoi ?

Qu'avait-on réellement donné comme justification à sa disparition ?

Le peuple entier la pensait-il morte suite au faux deuil porté par ses parents ?

Comment se passerait son retour sur les terres qui l'avaient vue grandir ?

À vrai dire, la vérité lui importait peu aujourd'hui. La vérité est propre à chacun, on peut la manipuler, en faire ce que l'on veut.

La sienne n'était d'ailleurs pas la même que celle de l'homme qu'elle avait abandonné plein de tristesse et de regrets.

Le ciel était d'un bleu azur à présent, le continent accueillant le retour de la princesse de cristal sous les meilleurs auspices. Son regard se porta vers l'ouest où se trouvaient les côtes Crystalienne. Elle plissa les yeux, s'imaginant un instant apercevoir le scintillement du palais où elle se doutait que ses parents scrutaient l'horizon depuis le balcon.

Neysa leur avait dit qu'elle se rendait en Cérésen, elle leur avait demandé de ne pas venir de suite, de lui laisser du temps, leur promettant sa bonne santé.

Ils avaient un code. Établis entre eux depuis sa plus tendre enfance, ils en avaient mis au point plusieurs afin de pouvoir se passer un message sans que personne ne puisse le savoir. Neysa avait glissé dans sa missive celui leur assurant qu'elle était libre et se portait bien.

Elle voyageait vers Cérésen sans aucune contrainte, les enjoignant à lui accorder un moment avant de rentrer à la maison.

Elle allait bien.

Physiquement du moins.

La maison…

Le palais qu'elle savait se trouver dans la ligne de l'horizon l'était-il toujours ? Où se situait désormais l'endroit où elle pouvait se sentir en sécurité ?

Était-ce encore dans un lieu qu'elle pourrait trouver un quelconque apaisement ? Ou auprès de quelqu'un ?

Elle s'agrippa au bois humide en laissant échapper un hoquet de surprise quand la force des vagues à l'approche de la côte Céréséenne donna une impulsion au navire, le propulsant en avant.

Un grand bois bordait le haut de la falaise sur la gauche de la coque ; une gigantesque forêt emplie d'arbres fruitiers.

Neysa se demandait, en observant le défilement des troncs aux cimes feuillues qu'elle ne savait nommer, s'il restait encore des variétés que l'on n'aurait pas découvertes dans le royaume. Le vent soufflait trop fort pour qu'elle puisse percevoir les bruits provenant du haut de l'à-pic, mais elle distinguait régulièrement de minuscules touffes de cheveux surgir d'entre les troncs avant de disparaître en galopant.

Des enfants, pensa-t-elle nostalgique en se remémorant l'époque où Emilia, Lortan et elle échappaient à la vigilance des adultes pour s'engouffrer dans les bois d'arbres fruitiers bordant le palais.

 25

Ils courraient alors, libres comme l'air, se goinfrant tant qu'ils en étaient par moment malades, se faisant sévèrement réprimander quand ils rentraient le soir, couverts de sucre et barbouillés.

L'insouciance est une chance que l'on n'a pas conscience de posséder avant qu'elle nous soit retirée.

Cette phrase n'avait jamais autant été une vérité pour la princesse.

Elle regagna sa cabine pour rassembler le peu d'affaires qu'elle avait. Elle mit dans son sac ses habits avant d'attraper sur la coiffeuse la grande plume rouge qui lui rappelait son perroquet et qu'elle avait trouvée sur son lit trois jours plus tôt en se réveillant.

Son paquetage sur l'épaule, elle retourna profiter de l'odeur qui avait bercé son adolescence et lui avait tant manqué.

Le capitaine avait accepté de ne pas amarrer dans le port royal, mais dans un plus petit, éloigné du palais. Neysa ne savait pas comment la reine Lucianna réagirait en la voyant arriver ainsi, mais elle avait toujours considéré la souveraine comme une tante.

Aux côtés de la mère de ses amis régnait une seconde femme, Arianna. Élevées ensemble comme des sœurs, la seconde avait tant soutenu Lucianna après la mort du roi Arlan que c'est sans hésiter à l'époque que Lucianna avait émis un décret impérial faisant d'elle sa consort.

Une première pour le royaume, mais aussi assurément pour le monde. Une façon de faire qui avait surpris un grand nombre des habitants de Crystalia, Nautiléa et Abadonne, mais pas ceux de Cérésen.

Partout où allaient Lucianna et Arianna, la paix suivait. Les deux femmes avaient des tempéraments complémentaires et par moment bien différents. Si Lucianna avait une main de fer en ce qui concernait le royaume, l'âme certainement alourdie par la perte de son époux, Arianna était le gant de velours qui équilibrait le tout.

Ainsi, depuis bon nombre d'années, Cérésen prospérait sous la gouverne des deux amies.

Un poids quitta la jeune princesse quand les premiers bateaux de pêche apparurent enfin, les marins lui offrant des sourires à lui faire chavirer le cœur.

Les premières salutations arrivèrent rapidement :

— Princesse, lança un des matelots en retirant son chapeau.

— Votre Altesse, ravi de vous savoir en vie.

— Ça faisait longtemps, mademoiselle.

— Heureux de constater que vous allez bien !

Les bonjours et formules de politesse fusaient de-ci de-là, n'étonnant en rien Neysa qui avait passé une grande partie de son adolescence à venir en Cérésen retrouver ses amis. De la couleur de sa chevelure qui lui était propre à son visage que nombre de Céréséens connaissaient, elle savait que la rumeur de sa présence dans le royaume aurait circulé avant même la nuit tombée.

C'est alors qu'elle le vit au loin.

La falaise s'arrêtait, offrant la vue sur une crique vers laquelle ils voguaient. Mais ce qui captiva Neysa, ce qui lui fit monter les larmes aux yeux, ce fut le palais qu'elle distingua un court instant avant que le navire n'effectue un virage pour se diriger vers la berge.

Par-delà une petite île, s'élevaient au loin les toits du château. Telles des écailles bleues gigantesques reflétant les rayons du soleil, tel un phare en plein jour, l'éclat bleuté du palais n'avait pour seules concurrentes que les nuances de rose des immenses cerisiers qui le bordaient.

Le beige des champs donnait naissance à un océan de teintes rosées surmonté d'un kaléidoscope bleuté.

Oui, songea Neysa en respirant pour la première fois, elle était de retour, *enfin.*

Comme un écho à sa pensée, une voix qu'elle reconnaîtrait même après un millier d'années s'éleva, fendant les embruns de la mer.

— Ney's !

Là, sur un autre ponton de bois, comme un clin d'œil à celui où elle avait un jour débarqué avec une différente amie, la princesse Emilia agitait les bras, hurlant son prénom à s'en casser la voix.

Chapitre 3

— Tu m'as tellement manqué, sanglota Neysa, le nez enfoui dans les cheveux bruns de la princesse.

Elles ne savaient pas depuis quand elles se tenaient ainsi, mais aucune des deux ne semblait prête à lâcher l'autre, encore moins Emilia qui s'était rongé les sangs durant tout ce temps. Si on lui en laissait la possibilité, elle choisirait de ne plus jamais lâcher son amie, la gardant près d'elle et en sécurité pour toujours.

— La cerise, bredouilla Neysa.

— Hein ? demanda son amie en se reculant à son tour, laissant la Crystalienne faire rouler une mèche de ses cheveux entre ses doigts.

— Tes cheveux, ils sentent la cerise. Comme avant.

Neysa souriait, ce simple constat lui mettant un baume dont son cœur avait bien besoin.

Emilia reniflait, s'essuyant les yeux sans cesser d'inspirer pour éviter à son nez de couler sous le coup des pleurs.

— Je ne te retourne pas le compliment.

Elle pouffa en voyant les sourcils de Neysa se hausser.

— Quoi ? Je pue le vieux bateau renfermé ? plaisanta Neysa.

— Non, s'empressa de se corriger Emilia en rigolant, pas du tout. C'est différent…

Elle prit le temps de réfléchir, semblant chercher ses mots avant de déclarer :

— C'est comme si… tu sentais le froid.

Le cœur de Neysa eut un loupé, effectuant une descente abrupte.

— Le froid ?

— Oui, tu sens toujours le lilas, mais pas comme depuis que je te connais, pas la nuance chaude de printemps. Plus celle d'un lilas qui fleurirait en hiver. C'est glacé tout en étant fruité, piquant tout en étant sucré.

La bouche de la princesse s'ouvrit un instant, l'air tiède caressant ses lèvres dont elle ne pouvait laisser aucun mot s'échapper.

— Ça te va bien, reprit Emilia en attrapant la main de Neysa, la tirant de sa torpeur, à vrai dire, ça te sied même mieux qu'avant.

Super… ne put s'empêcher de songer Neysa en emboitant le pas à son amie, *ça me fait une belle jambe tiens.*

— Si tu savais comme ça m'a manqué.

C'étaient les premiers mots que prononçait Neysa depuis qu'elles avaient pris les juments qu'Emilia avait apportées. Il leur avait fallu peu de temps pour sortir de la crique, d'ailleurs Neysa ne l'avait pas vu passer, perdue dans ses pensées suite à la réflexion de la princesse.

Elle sentait comme Kalhan.

Ou plutôt, comme un mélange d'eux deux.

Quelles seraient encore les découvertes qu'elle ferait quant à ce qu'ils partageaient ?

Elle ne voulait pas y réfléchir, aussi se força-t-elle à se concentrer sur le paysage qui l'entourait.

— De quoi ? lui demanda son amie qui respectait son silence depuis leur départ.

— Tout, répondit la jeune Crystalienne.

Elle pensait à tout, le montrant d'un geste de la main qui englobait les arbres qui bordaient l'horizon jusqu'aux champs qui s'étendaient de part et d'autre du chemin où les chevaux évoluaient.

— L'humidité dans l'air, la verdure, les animaux, le bruit des gens qui marchent dans l'herbe, l'odeur sucrée, les sourires, la vie…

— Et bien, la coupa Emilia en la dépassant légèrement, ça n'avait pas l'air très réjouissant là où tu étais.

Ça dépend, se souvint Neysa.

— Non, dit-elle pourtant.

Elle laissa quelques secondes s'écouler, le temps pour son amie d'immobiliser sa monture, celle de Neysa en faisant autant.

— Tu veux me raconter ? souffla Emilia en se penchant à travers le vide qui les séparait pour attraper sa main.

La tiédeur de sa peau, son contact tendre, si familier et doux, brisa la première digue dans le cœur de Neysa.

— Je crois qu'il faut que tu t'asseyes.

Elles n'avaient jamais eu de secrets l'une pour l'autre ; l'épisode de sa première rencontre avec le *Servus Mortis* exclu.

Du moins, remarqua la jeune Crystalienne pour elle-même, *pas avant la mascarade avec Ellory.*

Oh dieux, cette époque lui semblait si lointaine alors qu'elle ne remontait pas à un mois. Mais Neysa ne souhaitait pas lui mentir, elle ne voulait rien lui dissimuler, elle avait besoin de ne rien lui cacher. Pas à elle.

— Je suis assise, la taquina, un sourire mutin aux lèvres, la princesse en s'enfonçant sur sa selle comme dans un fauteuil.

— Pas de cette façon, pouffa Neysa, remerciant intérieurement les yeux verts et malicieux en face d'elle de la sortir du gouffre où il lui paraissait ne cesser de sombrer.

Elles guidèrent leurs chevaux vers une alcôve taillée à même les hauts champs de blé. Les traces au sol montraient qu'une charrette avait récemment quitté l'endroit, aussi s'assirent-elles, laissant leurs juments en liberté.

— Quand tu es partie de l'arbre aux secrets, entama Neysa en frottant ses paumes moites sur le tissu recouvrant ses cuisses.

Elle déglutit, cherchant les mots justes pour expliquer ce qui s'était passé cette nuit-là.

Ce qu'elle avait cru qu'il s'était passé.

Ses épaules se raidirent et elle dut les faire rouler, soulageant ainsi la pression de ses volutes qui ne demandaient qu'à sortir tout brûler.

— En réalité… se corrigea-t-elle en levant ses ambres emplis de tristesse vers Emilia, il faut que je commence l'histoire il y a dix ans.

— Dix ans ? la questionna la jeune Céréséenne, ses beaux sourcils bruns se barrant d'un pli montrant sa perplexité.

Elle se replaça, ajustant sa position comme si cela pouvait l'aider à mieux encaisser ce que s'apprêtait à lui révéler son amie.

Neysa avait fait de même sous l'arbre aux secrets, au sommet de cette colline qu'ils aimaient tant, ça ne l'avait en rien aidé à supporter le choc de la nouvelle des fiançailles d'Ellory et Emilia.

— Oui, se pinça-t-elle les lèvres, il y a dix ans, avec Morlan, nous étions sur le port d'Idriatis…

— Ça ne m'étonne même pas tiens, la coupa Emilia en lui tirant la langue.

Pourtant, Neysa savait que son amie avait perçu la profondeur et la douleur dans ce qu'elle allait dire, elle faisait juste de son mieux pour détendre l'atmosphère avant la suite.

Neysa l'aimait pour ça.

Aujourd'hui plus encore.

— Nous étions au marché…

Puis elle lui raconta tout.

Le soleil continua sa course dans le ciel. La princesse fit des pauses lorsque des agriculteurs passèrent, la saluant chaleureusement et lui rapportant leur joie de la savoir en vie.

Elle non plus ne comprenait pas tout, mais cela ne saurait tarder.

Elle narra l'histoire de la grotte, sa première rencontre avec le plus grand des assassins, expliquant ainsi la première raison de l'entraînement qu'elle avait par la suite décidé de suivre.

Emilia écoutait, hochant la tête par moments, regardant ses doigts qu'elle triturait à d'autres.

Neysa n'entra pas dans les détails, toutefois elle ne lui fournit pas une version allégée pour autant.

Elle but l'eau à la gourde que lui tendait son amie lorsque les larmes au souvenir de la mort de Lortan remontèrent. Puis sa gorge se noua en racontant le pacte qu'elle avait fait dans cette auberge.

Celui où elle lui avait donné un bout d'elle, leur permettant de communiquer comme elle n'y avait même jamais pensé.

Tout le reste suivit : leur chemin à l'auberge, sa rencontre avec Maëline, l'agression, la route jusqu'au port.

Neysa ne cacha rien. Si elle avait mis des limites dans la version pour ses parents, cette fois, elle n'en fit rien.

Son amie écouta, se rapprochant d'elle lorsque le soleil déclina, la chaleur de ses rayons disparaissant derrière les hauts épis.

Lorsque la jeune princesse arriva au passage d'entre les montagnes, quand elle lui raconta ce que Maëline lui avait dit, Emilia sut qu'elle ne pourrait jamais totalement la soulager.

Il y avait des peines dont personne ne peut apaiser un cœur, parmi elles : celles liées à une âme sœur.

La suite quitta la bouche de Neysa dans un flot de mots dont elle n'entendait pas l'écho, son propre cerveau refusant de le vivre à nouveau.

— Voilà, finit-elle par déclarer dans un souffle bien des heures plus tard.

Un simple mot, emporté par la brise qui s'était levée.

Cinq lettres qui terminaient un récit dont le visage trempé d'Emilia témoignait de la dureté.

— C'est pour cela que tu as appris à te battre, murmura Emilia, comprenant l'absence soudaine de son amie une décennie plus tôt.

La princesse hocha la tête, confirmant ses dires.

— Et… c'est ton âme sœur ?

Les billes vertes de la jeune Céréséenne se posèrent sur Neysa, attendant la validation de la première intuition qu'elle avait ressentie en la serrant dans ses bras.

— C'est le fils de ceux qui ont tué mon frère ! réagit l'intéressée en rejetant la réponse qui lui brûlait les lèvres.

— Neysa…

NON !

— Il est leur fils !

Elle les avait tués, exterminés d'un coup d'aile, et elle espérait toujours éprouver le soulagement que cet acte était censé lui procurer.

— Il l'était… se corrigea-t-elle.

— C'est ton âme sœur ? redemanda Emilia.

Son amie était têtue, une femme à l'apparence douce et au caractère incendiaire. Elle ne s'arrêterait pas avant d'avoir obtenu la réponse qu'elle voulait.

Neysa inspira, s'obligeant à trouver un courage qu'elle apprécierait ne pas posséder.

— Oui, avoua-t-elle en regardant l'horizon se teinter de nuances orangées, il l'est.

L'homme qu'elle détestait le plus au monde, celui qui l'avait le plus blessée. Celui auquel elle ne pouvait s'empêcher de penser, celui qu'elle était condamnée à aimer.

— Merde.

C'est un euphémisme, ma pauvre.

— Et toi ?

Elle se tourna vers la jeune femme, préférant changer de sujet alors que la nuit arrivait, apportant un lot de souvenirs devenus des fardeaux.

— Par où commencer… grelotta Emilia en s'entourant de ses bras, peut-être par la fin, qui sera la plus simple.

La princesse comprenait le besoin de son amie de devoir penser à autre chose qu'à tout ce qu'elle venait de lui raconter. Alors elle pesa ses mots, réfléchissant à comment lui fournir la vérité sans lui transmettre la terreur qui l'avait rongée tout ce temps.

— Je me suis réveillée un matin et la nouvelle de l'Élévation d'un nouveau Roi en Abadonne circulait partout. Tous disaient qu'ils avaient reçu des lettres affirmant que Khorse et Mayden avaient péri et que leur premier né régnait sur l'île. Je te laisse imaginer le bordel que cela a causé.

Neysa pouffa, sa peau hérissée d'une chair de poule due au vent. Oui, elle ne doutait pas que la double nouvelle ait semé la zizanie.

— Il n'y a qu'une chose qui a fait cesser la cacophonie continue de leur discussion.

Moi, sourit ironiquement la princesse de cristal.

— Toi, confirma Emilia qui avait lu sur son visage, comme un spectacle se déroulant une seconde fois je me suis réveillée il y a trois jours et tes parents avaient fait porter des messages sur tout le continent annonçant ton retour et rétablissant une partie de la vérité sur ce qui t'était réellement arrivé. J'avais déjà reçu ta lettre, mais j'étais dans une bulle et savoir que la déclaration émanait d'eux, que le continent entier chantait ta venue, tout ça devenait réel. Tu étais bel et bien en vie, c'était vrai, j'en suis tombée au sol.

— Que veux-tu, tenta Neysa pour détendre l'atmosphère, je suis douée pour faire parler.

— À qui le dis-tu, mais s'il te plait, calme-toi pendant un moment, mon petit cœur ne supportera pas tes frasques longtemps, grelotta Emilia.

Neysa aussi avait senti l'air se rafraîchir, pourtant elle ne se trouvait pas dans le même état, sûrement à cause de son lien avec un certain Roi.

— Bon sang ce que ce vent peut être traître, jura la Céréséenne en claquant des dents, je suis frigorifiée.

— Oh, sourit Neysa, je peux arranger ça.

Et elle pensa.

Chapitre 4

Le frisson devenu habituel la parcourut, un léger picotement qui démarra de la base de son crâne avant de filer se loger au creux de son dos. La moitié haute de sa colonne se hérissa un court instant avant que la chaleur ne prenne la place du sentiment de froid.

Le « K » tracé sous son épiderme s'embrasa d'une chaleur qui consumerait n'importe quel cœur, laissant comme une vague de lave douce s'écouler là où s'était un jour trouvée *son* initiale.

Cet enfoiré l'avait marquée.

La chaleur s'embrasa et comme une expiration sur des braises ardentes, comme un léger souffle sur une plume la faisant voleter, il lui suffit d'inspirer pour s'enflammer.

L'air entra dans ses poumons, la sensation de froid en totale contradiction avec le courant qui fusait sous sa peau, ondulant jusqu'à ses épaules, courant sur ses bras, s'enroulant sur ses côtes.

Puis, elle ouvrit les yeux.

Feu.

La lumière apparut.

Vive.

Forte.

Brûlante.

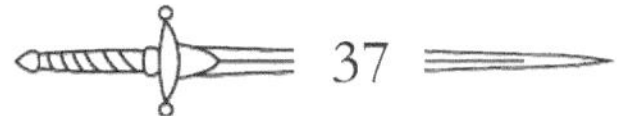

Emilia recula sur les fesses en laissant échapper un hoquet de surprise devant le haut du corps de son amie qui venait de s'illuminer.

La lueur se retira, quittant les poignets de Neysa, délaissant ses bras, se nichant toujours plus haut dans son dos.

Elles se rétractent, pensa Emilia, sa bouche s'ouvrant dans une exclamation muette avant que devant elle ne se déploient de gigantesques ailes de feu.

Mélange d'éclairs enflammés et ténèbres rougeoyantes, tous les filaments s'assemblaient pour former un chef-d'œuvre ondulant dans l'air au rythme de la respiration de Neysa.

Il fallut à la princesse Céréséenne un moment avant d'oser s'avancer près de la source de chaleur bien trop confortable qu'elles émettaient.

— Tu as mal ? chuchota-t-elle à Neysa, hésitant à parler fort comme si sa voix risquait de souffler les flammes et de les éteindre par mégarde.

— Non, répondit leur porteuse en levant un doigt sur lequel une volute ardente vint s'enrouler, quittant l'uniformité dans laquelle elle se trouvait.

— C'est incroyable…

Les mots avaient échappé à Neysa, si bien qu'elle mit quelques secondes avant de réaliser qu'ils provenaient d'elle.

— Ça vient de lui ?

— Je crois.

Elle ne savait pas totalement.

— Je pense qu'il l'a fait sans le vouloir, que c'était…

Les mots *« pour me protéger »* moururent sur sa langue.

Mais Emilia n'eut pas besoin de les entendre pour les lire sur son visage. Elles se connaissaient depuis quinze ans, quinze longues années durant lesquelles les deux amies avaient appris à communiquer sans parler.

— J'ai eu mal, reprit Neysa, quand il l'a fait.

— Sur l'autel ? se retint de sourire Emilia.

Neysa lui jeta un regard qui se voulait glacial, malheureusement pour elle, il était bien des choses, mais très loin de l'être.

Les joues rougies par le sous-entendu et le souvenir de cette nuit, leur première nuit, la seule… *la dernière !*

— Oui, avoua-t-elle tout de même.

— Est-ce que… osa demander Emilia en levant une paume dont elle stoppa la course rapidement, est-ce qu'elles brûlent tout ? Hormis toi ?

— Je crois bien. Tu verrais l'état du bateau.

— Oh j'ai vu crois-moi, pouffa la princesse en se couvrant la bouche d'une main.

Le silence retomba, le pouvoir de la Crystalienne les gardant dans une chaleur qu'aucune des deux femmes ne se risquait à rendre glaciale en évoquant d'autres souvenirs.

— Ici aussi, ce fut l'enfer, finit par confesser Emilia d'une voix reflétant une souffrance qu'elle avait bien trop longtemps éprouvée.

Neysa ne dit rien.

Elle avait refusé de songer à ce qu'elle laissait derrière elle durant tout son voyage. Elle ne s'était fixé qu'un unique objectif : faire tomber Abadonne pour ensuite retourner auprès des siens.

Bel échec.

Elle avait perdu tout ce qu'elle avait gagné, ne savait plus qui elle était, elle qui pensait s'être enfin trouvée.

La haine et la colère qu'elle dirigeait à une époque contre les monarques de cette île de malheur avaient seulement changé de destinataire.

Lui.

Elle l'abhorrait, se détestait.

— Que s'est-il passé ?

Elle devait savoir, bien qu'elle n'en ait aucunement envie.

— Lortan s'est réveillé bien des heures après ta disparition. Il pensait que c'était le matin, mais à vrai dire, plus d'une journée s'était écoulée.

Le souffle de Neysa se bloqua et elle se força à expirer pour garder sous contrôle les tremblements qui tentaient par tous les moyens de s'emparer d'elle. Il était en vie, elle le savait, cela n'empêchait en rien

son cœur de s'affoler et sa gorge de se nouer en se remémorant le nombre de jours où elle pensait l'avoir perdu.

— Il a couru au palais de Crystalia, continua Emilia.

Voir mes parents…

— Il t'expliquera mieux que moi, mais en arrivant il a trouvé tes parents dans tous leurs états. Ils avaient reçu une lettre dans la nuit.

Une lettre.

Le fameux moyen par lequel il les avait contactés.

Cette connerie qu'il avait écrite en mentant à sa famille. Une lettre racontant qu'elle était partie se cacher après l'assassinat de Lortan, or il ne l'avait pas tué.

Déjà là, il mentait.

Depuis la première nuit, pleura-t-elle intérieurement.

— Elle disait que tu étais morte.

— QUOI ? hurla Neysa en se redressant brutalement.

Non ! C'était impossible !

— Mes parents devaient porter un faux deuil pour ne pas éveiller les soupçons… bredouilla-t-elle en plongeant ses ambres embués dans les émeraudes de son amie.

— Il t'a menti, souffla Emilia en détournant le regard, le poids d'avouer cela à Neysa trop lourd à porter, il t'a dit qu'ils le feraient. En vérité, il leur a dit que tu étais morte, le faux deuil que tu les pensais porter…

Oh non…

— Était vrai, s'horrifia l'âme sœur du démon.

— À vrai dire non.

Le sourcil de la princesse se haussa, ne comprenant définitivement plus rien. Son cerveau ne suivait plus la quantité astronomique de révélations et de plans imbriqués les uns dans les autres.

— La lettre disait que j'étais morte, reprit Neysa, interdite, et le sang, il y en avait tellement.

Les rouages s'assemblèrent, le mécanisme s'activa et elle commença à appréhender le plan qu'avait mis en place Kalhan depuis le début.

— J'ai cru que Lortan était mort, que c'était son sang, comme il pouvait imaginer que c'était le mien. C'était le plan de K…

Ses dents grincèrent sous la force de ses mâchoires serrées.

Elle allait le tuer, quitte à en crever son propre cœur.

— Je pense aussi que c'était le but, soupira Emilia en ayant maintenant connaissance de toute l'histoire.

Neysa se rassit, une tornade empêchant son esprit de tourner correctement.

— Il t'a fait croire que Lortan était mort avec le sang, tout comme Lortan l'a présumé pour toi en se réveillant.

Il avait manipulé tout le monde, mentant aux deux parties.

— Et moi comme une imbécile j'imaginais que mes parents me savaient vivante, qu'ils portaient un faux deuil. Alors qu'en réalité il leur a dit que j'étais morte.

— Lortan aurait dû le confirmer à son réveil…

— Pendant ce temps-là… moi je l'aidais, j'étais son gentil petit pion. Et quoi ? Quand tout aurait été fini je serais rentrée retrouver une famille horrifiée et un ami bien en vie ?

— Il n'avait pas prévu de tomber amoureux de toi…

— Non, cracha Neysa, simplement de m'utiliser en faisant croire à tout le monde que j'étais morte, comptant sur la volonté de paix de mes parents et le manque de preuves pour ne pas déclencher de guerre, le laissant juste mener sa petite vendetta pour au final me renvoyer bien sagement.

C'en était trop, beaucoup trop pour la princesse. Elle se releva, ordonnant à son pouvoir de se replier avant de mettre à feu le royaume. Il en mourrait d'envie.

Elle se passait les mains dans les cheveux, tournant comme un animal enragé sous la suite abrégée des explications d'Emilia.

— Tes parents se sont effondrés en l'apercevant couvert de sang. Ta mère a fait un malaise, mais elle va bien, s'empressa d'ajouter la jeune Céréséenne en voyant le corps de sa plus vieille amie parcouru de spasmes.

— Lortan était à Abadonne, sanglota Neysa en essuyant d'un revers de manche les larmes qu'elle ne pouvait plus contenir.

— Il a compris que tu n'étais pas morte, il te connaît.

Le sourire nostalgique d'Emilia eut raison de la dernière barrière que s'imposait Neysa.

Elle s'écroula, la tête enfouie dans ses genoux relevés pendant la suite de l'histoire qu'elle avait tant tardé à apprendre.

— Je ne connais pas tous les détails, s'excusa son amie, Lortan est repassé par chez nous en vitesse avant de foncer prendre un navire pour Abadonne. Ce que je sais c'est qu'avec tes parents ils ont conclu que tu n'étais pas morte, le doute quant à l'implication d'Abadonne n'existait pas. Lortan est parti en fausse mission diplomatique là-bas pour essayer d'en découvrir plus. Nous devions tous savoir la vérité sans éveiller les soupçons sous peine de te mettre en danger. Il nous fallait trouver où tu étais, comment tu allais…

Emilia n'eut pas besoin de dire qu'ils étaient tout rongés par l'inquiétude quant à ce que devait subir Neysa.

— C'est pour ça qu'il s'est rendu en Abadonne, pour enquêter dans les hautes sphères.

— Je l'ai vu.

— Lui non. Il n'a pas eu le temps d'apprendre assez de choses, il nous a expliqué que le palais a subi une attaque. Les gardes qui l'accompagnaient l'ont mis sur le premier navire et il est revenu sans avoir pu découvrir quoi que ce soit. Il erre dans le château depuis son retour… seule l'annonce de ton arrivée lui a redonné le sourire et l'appétit.

Le cœur de Neysa se serra. Elle avait vécu avec la mort de son ami durant des jours, l'espoir et l'envie de le venger lui permettant de tenir, mais lui… Lui, il n'avait jamais eu de réponse. Il n'avait que du sang, aucun corps et pas de preuves pour faire un quelconque deuil.

Elle ne voulait même pas imaginer ce que ceux qu'elle avait laissés derrière elle avaient pu ressentir. Dans certains cas, savoir est bien mieux qu'ignorer, l'espoir peut rendre fou tout autant que les milliers de scénarios qu'un esprit meurtri peut créer.

— Et le deuil ?

Les mots de Neysa étaient hachés tant elle reniflait. Ses yeux la brûlaient. Était-il possible que ce soit encore pire ?

— Ton père est un homme intelligent, un monarque sensé. Il a vite compris qu'on essayait de les manipuler. La réponse quant *à qui* était derrière tout cela était limpide.

— Alors il a joué le jeu, soupira Neysa en repensant aux nombreuses leçons durant lesquelles sa préceptrice lui avait fait étudier des plans de guerre autant sur le champ de bataille qu'entre les couloirs, *là où se déroule l'authentique politique.*

— Oui, confirma Emilia, trois lettres noires scellées ont quitté Crystalia deux jours après ton supposé décès. Deux sont arrivées en Cérésen et Nautiléa, elles expliquaient ce qui s'était passé et les doutes que nourrissaient tes parents. À leur demande, nos royaumes ont répandu une fausse annonce concernant ta mort, un terrible accident auquel tous pouvaient croire, ce qui nous permettait d'agir dans l'ombre sans éveiller les soupçons d'Abadonne sur nos véritables intentions. Nous les laissions ainsi penser qu'une fois de plus, tes parents faisaient passer la sécurité du plus grand nombre au détriment de leur vengeance.

Une vague d'amour envahit Neysa, déferlant dans tout son organisme au bon moment, lui apportant le réconfort dont elle avait besoin en cet instant.

Cela prouvait une nouvelle fois le lien fort qui unissait le continent. Les dirigeants de Nautiléa et Cérésen avaient eux aussi porté un faux deuil, entretenant ainsi l'idée pour les responsables que Neysa était bien morte.

Face au danger, tous se soutenaient.

Ils l'avaient tous protégée.

— La dernière est parvenue en Abadonne : annonçant ta mort.

Sauf que tout ne s'est pas déroulé comme prévu... ne put-elle s'empêcher de penser en se remémorant le moment où ses amis étaient suspendus sous le labyrinthe, en revoyant le regard de Meerena alors que Dayan était poignardé, en entendant ses chaînes claquer quand elle tentait de le rejoindre.

Elle se rappelait de tout. De l'odeur humide et renfermée de la pièce mélangée à celle de la peur et du sang. Elle se souvenait de la douleur de ses épaules, de la détresse dans les yeux de Zékiel et de la bouche déformée de Dayan quand la lame perçait son flanc. Elle revoyait leurs ennemis déambuler autour d'eux en leur retirant tout espoir. Elle ressentait encore le désespoir de les voir à genoux, son

cœur se brisant lorsque Dayan et Meerena s'étaient parlé, songeant que cela serait la dernière fois.

La fine lame lui avait dit que cela aurait été amusant de se côtoyer dans d'autres circonstances.

Neysa le pensait aussi.

Même assise dans ce champ à fuir tout ce que Dayan, Meerena et Zékiel lui rappelaient, tout ce à quoi, *à qui*, ils étaient liés, une part d'elle rêvait de continuer de les fréquenter.

Ils se connaissaient à peine, pourtant elle souhaitait voir le géant jeter des boulettes sur sa partenaire en observant l'espion lever les yeux au ciel tout en le prévenant qu'un jour elle le tuerait.

Dayan rigolerait alors, du moins jusqu'à ce qu'une lame effleure sa tempe et que Meerena lui lance un de ses regards dont Neysa avait compris qu'elle avait le secret.

Meerena, Dayan… Zékiel.

L'homme aux iris d'ambre et au parfum de jasmin était une énigme dont la réponse était bien trop terrorisante pour qu'elle ne la veuille de suite.

La journée passée sous l'arbre aux secrets avait définitivement marqué un tournant dans la vie de la princesse. Ses projets, ses plans et tout ce qu'elle avait pu prévoir depuis avaient volé en éclats. Elle avait espéré beaucoup de choses pour son avenir…

Ça ne s'est pas déroulé comme prévu, se répéta-t-elle.

Car, à vrai dire, rien ne s'était déroulé comme prévu.

Chapitre 5

Les deux femmes étaient reparties, parcourant la campagne Céréséenne sous une lune haute.

Le paysage n'avait rien à voir avec les plaines de Crystalia ou encore les étendues arides et grises d'Abadonne.

Elles évoluaient au milieu des champs. Le sommet des épis balayé par le vent de nuit donnait l'impression qu'une mer ondulait sous leurs yeux. Elles étaient seules, mais ici, elles étaient en sécurité.

Nul besoin de se cacher, de surveiller ses arrières ou de se demander si la première personne qu'elles croiseraient leur voudrait du mal.

Rien à voir avec Abadonne en somme…

Les juments marchaient lentement, laissant le loisir à Neysa de profiter des effluves sucrés que la brise nocturne lui apportait. Elle tournait la tête à droite, sentant les pêches fraîches emplir ses narines en voyant les champs danser sous ses yeux, son propre corps désirant suivre leur lent bercement. Puis, il lui suffisait de fixer l'horizon opposé pour distinguer les immenses arbres fruitiers au loin, de fermer ses paupières pour entendre le bruissement de leurs feuilles dans l'air du vent.

Elle aimait ce pays.

Son calme et ses odeurs, la manière dont les ruisseaux serpentaient, emportant dans leur léger courant des fruits frais tombés d'un verger en amont.

— On galope ? proposa Emilia qui avait toujours partagé la passion de son amie pour la vitesse.

Ça et tant d'autres choses.

Il ne leur restait plus longtemps pour arriver au palais, encore quelques heures et le jour se lèverait sur le sublime bâtiment qu'elles pourraient bientôt apercevoir.

Neysa regarda le paysage s'étalant devant elle. Elle distinguait le chemin herbeux, mais c'était trop dangereux pour leurs montures. Elles risquaient de se blesser ou de se tordre une jambe sur les irrégularités de la route.

— Trop sombre, comprit Emilia en voyant la moue déçue de son amie qui, elle aussi, aurait voulu sentir le vent fouetter son visage et balayer ses cheveux.

Elles continuèrent alors, conversant calmement puisqu'aucun bruit parasite autre que le chant des insectes ne venait perturber la nuit claire du royaume de Cérésen.

— Ellory ? osa demander Neysa.

Emilia rit, tellement soulagée de pouvoir enfin parler à cœur ouvert et sans avoir besoin de se cacher.

— Le mariage aura lieu dans quelques jours, et il le prépare avec ma mère.

— Merde ! s'écria Neysa.

Emilia lâcha les rênes sous l'exclamation de son amie puis partit en fou rire.

— Tu devrais les voir, c'est dans quatre jours et ils sont cinglés, commença-t-elle à raconter en levant les mains pour mimer diverses présentations d'objets.

Neysa voyait très bien ce qu'elle voulait dire. On lui avait maintes fois présenté toutes sortes d'étoffes bras tendu.

— Ellory ? Emilia prit une voix aiguë, imitant à la perfection celle de la reine, oui venez…

Neysa pouffa en la voyant plisser le nez comme le faisait très souvent la souveraine.

— Vous préférez l'ocre ou le beige pour la cérémonie ?

Elle se redressa d'un coup sur sa selle, surprenant Neysa en carrant ses épaules avant de rejeter une mèche invisible d'un mouvement de tête.

— Et bien, grogna-t-elle d'une voix grave qui plia Neysa en deux, je pensais plutôt à un tissu couleur crème.

— Oh oui oui crème, très bien.

— Et l'allée de fleurs ? Tulipes ?

— Sous les cerisiers de l'entrée ?

— Bien sûr !

— Le plat ?

— Végétarien ?

— Superbe…

— Que diriez-vous de porter du bleu ?

— Parfait !

Et elle continua ainsi, mimant tant de dialogues entre sa mère et son fiancé que Neysa crut qu'elle allait tomber de cheval tant elle riait aux éclats.

— Tu détestes tellement ça, réussit-elle à articuler entre deux spasmes.

— Ciel ! J'ai ces sottises en horreur. Je suis plus que ravie qu'ils s'en chargent.

— Cérésen a peut-être enfin trouvé sa véritable princesse.

La bouche d'Emilia s'ouvrit dans une exclamation muette, ses yeux écarquillés posés sur la revenante qui avait osé.

— Saleté, lui balança-t-elle à la figure en même temps qu'un épi de blé qu'elle avait attrapé en se penchant.

— D'accord, d'accord, rit Neysa en levant les paumes en signe de paix, toutes mes excuses, Votre Altesse Royale.

Elle commença à mimer une fausse révérence lorsqu'une texture douce et chaude effleura le dos de sa main.

— Oh !

Elle hoqueta en repérant le papillon sombre posé sur sa peau.

Sa main se porta sous ses yeux où elle découvrit un de ces lépidoptères propres à Cérésen. Tout en petits poils gris et noirs, ils étaient plus gros que ceux dont elle avait l'habitude. Le corps de la taille de son pouce, on aurait pu les prendre pour de grandes chenilles douces

s'ils n'avaient pas de sublimes ailes noires. Neysa passa délicatement le dos de son index sur la texture velours de l'aile, en appréciant tant la douceur qu'elle rêva un instant de pouvoir s'étendre dans un lit entier de la même matière.

— Ouah… murmura-t-elle, son souffle faisant frémir les ailes obsidienne de son nouveau compagnon.

L'écho sourd des sabots annonça l'approche de son amie.

— C'est rare de les voir d'aussi près, chuchota Emilia pour ne pas effrayer l'insecte que Neysa lui montrait, ils sont toujours cachés dans les hautes herbes ou volent lorsque la nuit est si profonde qu'il est impossible de les distinguer.

La princesse Crystalienne sourit en sentant les miniatures pattes du papillon chatouiller sa peau.

C'est alors que lui vint une idée.

Surgie d'un recoin de son esprit, une pensée la submergeait en portant la minuscule créature sous son nez.

Comme en réponse à l'appel de son âme, un délicieux picotement hérissa sa nuque. Sa respiration devint plus lente, précise. Ses autres sens s'aiguisèrent, faisant passer en arrière-plan tout ce qui se déroulait autour d'elle. Son esprit se focalisa sur le sublime papillon sur sa main, son corps se concentra sur la texture à peine perceptible de ses pattes sur sa peau.

Puis tout sembla mener à lui.

Elle ferma les yeux, inspirant en se laissant porter par cette délicieuse vague qui l'emportait. Elle sentit le vent s'engouffrer entre ses ailes.

Elle n'en avait pas, mais elle était lui autant qu'il était elle.

Elle possédait les siennes.

Les miennes !

Elle le vivait, comme si ses propres volutes étaient déployées, elle sentait le vent frais glisser entre elles. Elle pouvait ressentir les courants d'air s'enrouler autour d'elle, la berçant au rythme de la brise. Elle éprouvait la chaleur de sa propre peau sur les minuscules pattes du lépidoptère. Elle sentait tout ce qu'elle était, tout ce qu'il était.

Mais il y avait autre chose au loin, tout près. Une chose nouvelle par rapport à toutes les fois où elle avait fusionné son âme.

Juste là.

Quelque chose de différent, quelque chose d'autre que la noirceur rassurante qui les entourait : une lueur battante au loin.

Une flamme vacillante.

Son pouvoir, lumineux.

C'était là, à portée d'elle, de lui, d'eux.

Celui qu'elle avait hérité de lui, celui qui s'était lié à elle.

Elle voulait savoir ce qu'il était, il voulait y goûter.

Alors elle l'appela, comme elle l'avait fait tant de fois avec tous les êtres qu'elle ne connaissait pas. Elle l'invita, lui chuchota de se joindre à eux.

Il le fit.

Le morceau d'âme qu'elle avait récupéré en liant la sienne à celle de Kalhan apparut.

Il dansa vers eux, évoluant dans l'obscurité où leurs âmes étaient jointes. Il vogua vers eux, s'enroulant sur lui-même puis autour d'eux.

Elle était seule, puis deux, puis… tout.

Il n'y avait plus qu'elle et les minuscules pattes qui chatouillaient sa peau.

Plus que le vent qui glissait dans ses cheveux, la nuit qui les entourait… Et la lumière qui ne demandait qu'à briller.

Celle qu'elle avait toujours étouffée… celle qu'elle pouvait enfin libérer.

Elle le fit.

Alors qu'elle ouvrait les yeux, se retrouvant à nouveau sur le chemin d'herbe de Cérésen, une minuscule créature à qui elle avait prêté une partie de sa magie sur sa main, elle le fit. Juste avant que son âme ne se sépare du papillon noir, elle lui souffla, comme enfin elle se le soufflait.

Brille.

Le noir.

La nuit.

Une respiration. Puis deux.

Et soudain, de l'obscurité sur sa main émergea une lumière. Une faible lueur éclaira la base des ailes du papillon, une teinte qui s'amplifia, passant d'un rouge braise à l'éclat d'une étincelle. Elle se diffusa, s'enflamma tel un brasier sur lequel le vent soufflerait et bientôt il ne resta plus de noir que le corps du papillon, ses ailes vacillantes comme un feu ardent.

— Oh, mes dieux, expira Emilia alors que la fine créature ouvrait ses ailes, éclairant de reflets chauds la peau de Neysa.

La princesse ne savait même plus parler. Aucun mot ne pouvait quitter la barrière de ses lèvres scellées.

— On dirait une flamme volante ! s'extasia son amie lorsqu'il battit des ailes, s'envolant sous leurs prunelles ébahies.

Il tournoya autour d'elle, les illuminant à tour de rôle, leurs yeux le suivant comme s'il s'agissait d'une apparition dorée qui danserait dans le vent, puis soudain... comme par magie, des lueurs s'allumèrent dans les fourrés.

— Neysa...

— Je vois, chuchota la princesse.

Oui, elle distinguait tous les minuscules points enflammés qui surgissaient de toute part.

Des dizaines puis des centaines, partout dans les hautes herbes bordant la route, dans les champs et même dans les massifs de fleurs du chemin... plein de papillons autrefois noirs déployaient leurs ailes enflammées.

— C'est... commença Emilia.

— Incroyable... s'extasia Neysa en les voyant prendre leur envol.

Ils se mirent à battre des ailes, s'élevant au-dessus d'elles jusqu'à ce qu'elles aient l'impression d'être recouvertes d'un nuage de braises sauvages. Une myriade de nuances allant du rouge flamboyant au jaune le plus éblouissant flottait au-dessus de leurs têtes.

— Emilia, le chemin.

Son amie se tourna vers le doigt qu'elle pointait devant elles.

— Oh par Syntra !

Sur une distance qu'elles n'auraient su évaluer, le chemin brillait, illuminé par les papillons qui voltigeaient autour, leur ouvrant une voie dans la nuit.

Neysa avait lu des livres où des sortes de lanternes éclairaient les cieux grâce à un ingénieux système leur permettant de voler à la chaleur d'une flamme, mais ça... cette mer de papillons nageant dans l'air pour elles, tachetant le monde endormi de lueurs ardentes, elle ne savait pas si elle avait un jour vu une chose plus fabuleuse.

Les deux amies échangèrent un regard que mille mots ne pourraient décrire puis, à l'unisson, lancèrent leurs juments au galop.

Chapitre 6

Huit Jours après l'Élévation.

L'aube accompagna leur arrivée dans la capitale. Les papillons avaient rejoint leurs cachettes, revenant sur le sol humide sous la rosée du matin à mesure que l'astre du jour apparaissait à l'horizon.

Neysa ne pensait pas, laissant sa jument avancer sur le sentier qu'elle ne connaissait que trop bien. Elle refusait de songer à ses retrouvailles avec ses parents qui seraient présents au mariage, avec tous ceux qui l'avaient couverte et à tout autre chose qui serait en lien avec les évènements récents.

Elle refusait de songer au nœud qui tordait ses entrailles à chaque fois qu'elle entendait son appel. Elle était épuisée après leur chevauchée, toutefois elle craignait les visions qui viendraient l'assaillir dès qu'elle fermerait ses paupières. Son odeur, sa voix, ses yeux…

Elles remontèrent l'allée centrale de la capitale qui menait à la gigantesque porte du palais. Le château était totalement entouré d'un mur percé à de multiples endroits d'entrées permettant aux habitants un accès complet aux jardins roses de la reine.

Neysa était saluée de toute part, les Céréséens et Céréséennes se groupant aux abords de la grande route pour la saluer et lui présenter leurs respects.

La princesse dite morte était de retour sur le continent, en Cérésen, à la capitale. Tous voulaient voir ça de leurs propres yeux, connaître l'histoire entière, mais cela attendrait.

Elandria était la ville la plus fleurie que Neysa ait jamais vue.

Assurément pas l'endroit où Kalhan aimerait être.

Elle chassa son souvenir et ses réflexions la ramenant toujours vers lui aussi vite qu'ils étaient venus, faisant taire la douleur sourde et lancinante qui ne la quittait jamais.

Ils dépassèrent les maisons et les marchés, slalomèrent entre les enfants qui riaient et se jetaient sous les sabots des chevaux sans la moindre crainte qu'ils les blessent.

C'était ce que Neysa avait toujours connu, de la chaleur, de la joie, des rires et de la vie. C'était pour ça qu'elle s'était dirigée ici. Pour inonder ses sens de tant d'odeurs qu'elle oublierait celle du sable chaud, pour que ses yeux soient brûlés par les couleurs vives et cessent de voir les nuances ocre et grises qui s'étaient gravées en elle.

Elle voulait tout enterrer, tout effacer, tout remplacer.

Mais bien que cet environnement lui soit salvateur, bien qu'elle s'imprègne de tout ce qu'elle avait rêvé de retrouver, la chaleur qui emplissait son cœur ne le comblait pas.

Elle en nourrissait une grande partie, mais ce fichu palpitant ne battrait plus jamais correctement sans sa dose de noirceur. Trop de recoins avaient désormais besoin de froid plus que de chaleur.

De lui.

Elle ravala la boule qui tentait de s'installer dans sa gorge, fit refluer les souvenirs de la soirée où ses parents lui avaient tout avoué concernant son frère.

Cassiel.

Kalhan était leur fils, ce qui faisait de lui son ennemi bien avant qu'elle connaisse l'horrible sort que ces gens avaient réservé à son frère.

À lui aussi… souffla cette minuscule part qui venait de lui.

Cet autre enfant qu'ils avaient fait souffrir, condamné, offert en sacrifice à Jaÿnas.

Leur enfant.

Une larme dévala la joue de Neysa, et si son amie ou les habitants crurent qu'elle était de joie, elle était en réalité destinée à ces deux êtres innocents qui avaient tant souffert des mêmes mains. Elle était pour le dilemme qui ne cessait de se jouer en elle.

Pour la colère et la peine qui se disputaient chaque seconde son âme meurtrie.

Comment pouvait-elle lui en vouloir d'avoir leurs gènes quand ils lui avaient fait subir le même sort que son frère, des décennies plus tard ?

Mais comment pouvait-elle lui pardonner de ne pas lui avoir dit la vérité ? L'aurait-il seulement pu ?

Oui !

Il aurait pu.

Il aurait dû !

Elle l'aurait suivi pour accomplir sa vengeance, quoi qu'il arrive. Elle l'aurait fait, et ne serait jamais tombée amoureuse de lui.

Et c'est sur deux mensonges qu'elle pénétra la porte principale de l'enceinte du mur, laissant le tumulte de la ville derrière elles.

La route de sable dur devint soudain invisible, noyée sous les milliers de pétales roses qui la parsemaient, lui donnant l'air d'une mer rosée.

Neysa inspira en basculant la tête vers les innombrables branches de cerisiers qui faisaient un toit naturel à tout le jardin entourant le palais. Haut comme trois hommes pour les plus petits, les arbres étaient en fleur toute l'année, une particularité qui n'appartenait qu'à ce royaume. Le jardin était constamment plongé sous une agréable lumière aux reflets des pétales jusqu'à l'apparition des fruits. Quand les branches étaient alourdies, penchant vers le sol, pleines de cerises aux nuances allant du rouge au noir, l'entièreté des Céréséens venait, autorisée à les cueillir.

L'air était plus frais ici, emplissant les poumons de la jeune femme, en tapissant les bords si bien qu'elle savait que même une fois dans le palais elle respirerait encore les effluves doux et sucrés des fleurs.

— C'est toujours aussi incroyable, s'extasia Emilia en levant les yeux, comme si elle découvrait les jardins où elle avait grandi pour la première fois.

— Oui, sourit Neysa, on dirait un monde inconnu, un lieu loin de tout.

— Où rien ne peut vous atteindre.

Neysa aurait bien répondu que oui, mais elle savait désormais que, quel que soit l'endroit, si une chose devait vous trouver, elle le ferait.

Toujours.

Le vent qui soufflait sur la capitale s'engouffra à travers les portes et les deux jeunes femmes furent bientôt noyées dans un nuage de pétales, incapable de se discerner entre ceux qui tombaient des branches et ceux soulevés du sol.

Les juments hennirent leur mécontentement et accélérèrent le pas jusqu'à ce que Neysa soit capable de discerner l'immense double porte bleue au loin. Jusqu'à ce que, par intermittence, ses prunelles distinguent une silhouette sur le pas de la porte. Une forme que même la tornade de rose ne pourrait l'empêcher de reconnaître. Une silhouette qu'elle avait de si nombreuses fois vue arriver, une chevelure dont elle connaissait par cœur les reflets, des émeraudes si chaudes qu'elles brûlèrent son cœur.

— LORTAN ! hurla-t-elle en mettant pied à terre, courant à en perdre haleine vers l'homme qui descendait les marches dans un rythme encore plus rapide.

Lequel des deux se jeta dans les bras du premier, aucun ne saurait le dire. Neysa passa ses bras autour de son cou, le prince enroula les siens autour de sa taille et si habituellement il la faisait tourner pour la faire rire, cette fois ils terminèrent au sol dans un méli-mélo de larmes et d'étreintes.

Les boucles d'un noir de jais chatouillaient le nez de Neysa, picotant l'intérieur de ses narines.

— Attends, renifla-t-elle en se reculant, je suis en train de mettre de la morve dans ta tignasse.

— Peu importe, rigola-t-il non sans jeter un coup d'œil à ce qui touchait son oreille pour la taquiner, après avoir cru être recouvert de ton sang, je peux accepter un peu de morve.

— Tu es dégoûtant ! le bouscula-t-elle en le faisant basculer sur les fesses.

— Dit la fille dont le visage n'est qu'un méli-mélo de fluides.

— Va te faire voir, haleta Neysa en prenant la main qu'il lui tendait.

Il l'aida à se relever, gardant entre ses paumes chaudes celle qu'il tenait.

— Avec plaisir, la gratifia-t-il d'un clin d'œil.

— Vous avez fini ? tonna la voix de la princesse Céréséenne qui avait mis elle aussi pied à terre et les regardait avec un air un peu dégoûté mélangé à de l'amusement, et une énorme dose de soulagement.

— Allez, viens-là ! ordonna Neysa en lui ouvrant un bras.

Les trois amis s'étreignirent longuement. Quelques semaines à peine s'étaient écoulées, peu de temps comparé à celui depuis lequel durait leur amitié, mais cette période avait été la pire qu'ils n'aient jamais connue.

Les deux Céréséens s'étaient torturé l'esprit en se demandant ce qui arrivait à leur Neysa, la Crystalienne avait pleuré Lortan, se demandant si un jour elle reverrait Emilia.

Et elle était là, saine et sauve.

Chez elle.

Chez eux… se corrigea-t-elle.

Cérésen n'était pas sa maison, ses amis faisaient partie de sa vie, mais ils ne l'étaient pas non plus.

Son chez elle était ailleurs, non de l'autre côté de la frontière, non sous un arbre en haut d'une colline ni même sur un balcon scintillant.

Il était dans un lieu qu'elle ne voulait pas connaître, certainement dans un recoin sombre, froid. Il marchait sous une pluie de flocons glacés. Il était dans un endroit où elle n'irait plus jamais.

C'est alors qu'elle réalisa à s'en tordre le cœur qu'elle ne rentrerait jamais chez elle.

Qu'elle n'aurait jamais de chez-soi.

Ce qu'elle ignorait à cet instant, alors que ses amis la guidaient vers sa chambre, c'est qu'elle n'aurait pas à s'y rendre.

Son chez-soi viendrait à elle.

Et de là-haut, de là où ils s'étaient retirés, les dieux savaient que malgré leur haine, ils devraient venir en aide à ceux qui se dresseraient entre un Roi et sa Reine.

Chapitre 7

Neysa profitait des habits qu'elle venait de revêtir, appréciant leur texture douce et leur parfum de propre. Elle était ravie de pouvoir mettre autre chose que ceux empestant l'humidité du bateau après une telle chevauchée et un bain aux huiles essentielles.

Ses longs cheveux ondulaient dans la brise que les deux immenses fenêtres laissaient entrer dans la chambre qu'on lui avait attribuée.

Sa chambre, si on partait du principe que c'est dans celle-ci qu'elle dormait chaque fois qu'elle séjournait au palais d'Elandria.

Bon, elle finissait souvent dans le lit d'Emilia ou son amie dans le sien, à papoter jusqu'à ce que l'aube pointe à l'horizon.

Deux coups sur la porte l'empêchèrent de plonger au cœur de ses pensées, laissant à la place son cœur se nouer d'une autre manière lorsqu'une tête bouclée apparut dans l'encadrement.

— Hey, la salua Lortan, je peux ?

— Bien sûr, imbécile, rigola-t-elle en se laissant tomber au pied de son lit.

Le jeune prince la rejoignit, son regard d'un vert si pur ne cessant de balayer son corps à la recherche de la moindre trace d'un quelconque sévice qu'elle aurait subi.

— Je n'en reviens toujours pas que tu sois là, murmura-t-il en s'asseyant auprès d'elle, sa main remettant en place les douces boucles qui cascadaient sur son front.

Neysa l'observa faire, nostalgique d'une époque pas si lointaine où elle aurait eu envie de le faire pour lui. Tout était tellement plus simple alors, les devoirs de son rang, ses entraînements, quelques rixes de-ci de-là, les retrouvailles avec ses amis, ses échanges secrets avec Morlan. Tant de choses qui faisaient déjà de sa vie ordinaire quelque chose d'extraordinaire, pourtant ce n'était rien comparé à ce qu'elle vivait désormais.

— Je… commença Lortan, hésitant visiblement à lui parler, je pensais que la lettre aurait été pour moi, que tu m'aurais demandé de te rejoindre dans la crique.

Neysa posa sa main sur l'avant-bras de son ami.

— Je ne savais pas si tu serais là, lui expliqua-t-elle doucement, je ne savais strictement rien de ce qui s'est passé ici depuis mon départ.

— Ton enlèvement, la corrigea brusquement le prince, la voix emplie de colère.

— Oui et non, souffla Neysa en frottant ses paumes sur le tissu recouvrant ses cuisses.

— Comment ça ?

Elle le regarda, les larmes perlant au coin des yeux, et lui raconta tout, à lui aussi, en commençant par il y a dix ans.

— C'est toi ? s'exclama le prince en se levant, les mains regroupant ses cheveux sombres à l'arrière de son crâne, tu les as tués ?

— Oui.

— Et lui…

Il cracha le mot comme s'il avait la capacité de l'empoisonner.

— Le *Servus Mortis*, il est leur fils.

— Oui.

— Le nouveau roi…

— Oui, confirma une fois encore Neysa, bien que ce ne soit pas une question.

— Et tu les as tués ? Vraiment ? Tu en es certaine ?

Lortan faisait les cent pas, tournant sur lui-même autant qu'en rond dans la pièce tant l'histoire de son amie sur Abadonne le choquait. Plus particulièrement le fait qu'elle ait assassiné Khorse et Mayden.

— Oui… aussi certaine que je regarderais une balle rouler dans cette pièce, j'ai vu leurs têtes au sol.

L'image des têtes de Khorse et Mayden roulant par terre surgit derrière ses yeux, lui laissant un agréable goût de vengeance qui, pourtant, ne la satisfaisait pas totalement.

— Ils ont envoyé leur fils te tuer ?

Neysa haussa les épaules, il y avait des réponses qu'elle ne possédait pas, et la seule personne qui pouvait les lui fournir ne faisait pas partie de la liste de celles qu'elle souhaitait revoir.

— Je ne pense pas qu'ils étaient au courant qu'il était en vie.

— Mais… comment ?

Nouveau haussement d'épaules.

— Il voulait se venger, c'était son but, lui rappela-t-elle, certaine au fond d'elle que ça, ce n'était pas un mensonge.

— Tu m'étonnes, pouffa Lortan en venant se mettre à nouveau à côté d'elle sur le lit.

— Et ils ne t'ont rien dit ? Rien de particulier qui puisse t'aider ?

— Non, se vit obligée d'admettre Neysa d'un énième haussement dépité, je sais tout et en même temps… rien.

Un silence s'abattit sur eux.

Neysa n'osait demander sa version des faits, le laissant déjà digérer ce qu'elle avait eu du mal à réaliser elle-même.

Enlèvement. Pacte. Voyage. Âmes sœurs. Torture. Mort. Révélation.

— Tu sais, reprit enfin Lortan, quand je me suis revenu à moi, après le moment passé à tenter de me souvenir d'où j'étais, après l'étourdissement et le reste…

Il marqua une pause, la même que leurs deux cœurs faisaient.

— J'ai cru que j'allais devenir fou. Je me suis levé, j'ai hurlé, couru partout en t'appelant.

Neysa s'imagina la scène, puis elle se vit à sa place, se réveillant en découvrant le sang et la disparition de son ami. Ce fut à son tour de se lever pour déambuler telle une âme désemparée. Il n'y avait rien d'autre que le mouvement qui lui permettait de continuer à respirer.

Quand elle s'arrêtait, elle avait l'impression d'étouffer.

Elle devait bouger sans s'interrompre pour permettre à ses poumons de se gonfler.

— J'ai couru jusqu'au palais, je ne sais même pas combien de temps j'ai mis, mon cerveau semblait être devenu de la bouillie. J'ai dévalé les rues, grimpé les marches et glissé dans ce que je pensais être ton sang tant de fois que je ne peux plus les compter.

— Désolée, pleura Neysa.

Mais Lortan ne l'entendit pas, concentré dans le récit qu'il racontait.

— Tes parents étaient dans le salon, près de l'immense cheminée où trônent tous les portraits, quand je suis arrivé.

Il s'arrêta un moment en se grattant la nuque et Neysa le soulagea d'un poids en continuant pour lui, se souvenant de ce que son amie lui avait appris la veille.

— Ma mère a fait un malaise en te voyant.

— Emilia t'a raconté, expira le jeune homme qui avait retenu sa respiration.

— Ce qu'elle pouvait.

— C'est le cas, confirma son plus vieil ami, ton père l'a aidée à s'asseoir. Puis il s'est tourné vers moi et…

Sa voix trembla, parcourue d'une émotion dont Neysa aurait aimé le départir, puis il continua :

— Oh Neysa, pleura-t-il en frottant ses yeux de la base de ses pouces, voir ton père dans cet état, son regard levé vers moi, ses yeux larmoyants, j'ai cru…

Il ne termina pas sa phrase, la gorge trop nouée par la détresse, et Neysa l'en remercia silencieusement. Elle ne voulait pas avoir de détails. Le peu qu'elle savait, le peu qu'elle s'imaginait, la torturait déjà assez.

— Ton père est allé chercher un papier sur la cheminée.

— La lettre.

Neysa ne put empêcher la colère de percer le timbre de sa voix, la seule chose qu'elle réussit à maitriser fut le picotement de ses volutes enflammées qui ne demandaient qu'à tout brûler.

Sauf que tout signifiait Lortan également.

Elle inspira en se détournant de lui, faisant rouler ses épaules et prenant de lentes inspirations jusqu'à ce qu'elle soit à peu près certaine qu'elle n'allait pas calciner toute la pièce bien que l'idée lui plût.

— Elle disait que tu étais morte, reprit le prince qui penchait la tête pour la regarder, ne comprenant pas ce qui se passait.

— Connerie, cracha-t-elle.

— C'est ce que nous avons compris. J'ai repéré les signes de lutte dans l'herbe et il y avait trop de sang pour que tu l'aies perdu, puis te sois battue et…

— Quoi ? demanda Neysa, curieuse de voir qu'il hésitait à ce moment précis.

— Les tueurs Abadonniens sont du genre à envoyer des trophées, à prouver ce qu'ils avancent. Ils le font d'ailleurs sans transmettre de lettres…

Une tête suffit, bien sûr ! se maudit Neysa de ne pas y avoir pensé.

Évidemment que son père avait compris la supercherie !

— C'était trop simple, murmura-t-elle en plongeant ses ambres dans les prunelles de Lortan, trop propre.

Même pour son frère, ils avaient laissé un message… une rose des lunes.

— Oui, pourquoi ne pas avoir laissé ton corps ? Pourquoi ne pas se vanter en en envoyant une partie ? La réponse était flagrante.

— J'étais en vie.

— Juste après un nouvel Éveil, juste après le refus d'Abadonne à venir ployer le genou.

Il se gratta l'arrière du crâne, un léger rictus apparaissant au coin de ses lèvres.

— Bon, commença-t-il en grinçant des dents, son geste tendant Neysa qui le connaissait par cœur, pour la rassurer un minimum, ton père et moi avons dû expliquer à ta mère que tu savais te battre…

— QUOI ?

Chapitre 8

—QUOI ?

Oh ciel ! La princesse était prête à affronter tous les monstres de l'enfer, mais pas ça. Pas la reine de Crystalia. Pas sa mère. Pas sur ses bonnes manières.

— Désolé, grimaça Lortan, ce qui ne pouvait que signifier qu'elle allait passer un sale quart d'heure, mais il le fallait.

— Vous avez bien fait, se vit forcée d'admettre Neysa qui n'aurait voulu pour rien au monde qu'ils ne gardent son secret si cela avait davantage inquiété sa mère, et ensuite ?

— Nous avons parlé, retourné la situation sous tous les angles. Nous ne savions qu'une chose, tu étais en vie. Nous n'avions aucune idée de comment tu allais, mais lancer des hostilités ou les accuser aurait obligatoirement aggravé ta situation.

— Alors mon père a décidé de porter un faux deuil.

— Ta mère, à vrai dire.

— Ma mère ?

— Oui, elle s'est levée, les traits plus déterminés que je ne l'ai jamais vue, et les dieux sont témoins que j'ai vu ta mère dans bien des états.

C'était vrai. Ami et amant auparavant, Lortan avait passé bien des moments dans l'enceinte du palais de cristal.

— Quoi ? demanda Neysa en s'approchant de lui.

La jeune femme lisait sur le visage de Lortan comme dans un livre ouvert, et elle pouvait jurer qu'il ne disait pas tout.

Il sembla réfléchir en la regardant, secouant la tête comme si lui-même tentait d'assembler des pièces.

— Je ne sais pas vraiment, soupira-t-il enfin, elle a dit quelque chose.

— Quoi ?

— « Ils m'ont beaucoup trop arraché, nous ont beaucoup trop pris » en fixant ton père de son regard qui disait…

On se comprend, termina Neysa avant lui.

— On se comprend.

Elle fixa ses pieds, sa langue passant et repassant sur ses dents alors qu'elle réfléchissait.

— Moi je ne comprends pas.

Son ami haussa les épaules en continuant :

— Elle a dit qu'ils devaient annoncer ta mort, porter un faux deuil pour qu'Abadonne, ou qui que soient les responsables, même si nous n'avions pas de doute, pensent avoir gagné.

— Et ne regardent pas trop en arrière.

— Ils ont fait mander trois lettres noires qu'ils ont remplies. Elles disaient à Cérésen et Nautiléa qu'on avait attenté à ta vie, mais que tu étais vivante, kidnappée quelque part et que leur deuil ainsi que celui de leur royaume étaient le seul espoir pour tes parents de te revoir. Je n'en connais pas la teneur exacte, mais l'idée est là.

— Et l'accident pour Abadonne ?

— Chute de cheval, l'animal serait devenu fou et t'aurait trainée sur une longue distance jusqu'à ce que tu périsses sous les mains des médecins.

— Ça pourrait réellement arriver, songea Neysa, vu le nombre d'heures qu'elle passait à cheval et les endroits escarpés et dangereux où elle allait avec ses montures.

— C'est pour cela qu'ils ont choisi cette option, c'était crédible pour le peuple du continent. Et ils se moquaient bien de passer pour des lâches aux yeux de ceux qui connaissaient la vérité, en dissimulant

ton assassinat derrière un terrible accident, si cela leur permettait de te sauver.

— Intelligent.

— Je les ai regardés écrire, tu sais. Déchirer puis recommencer. Cela a pris un temps monstre, mais, quand tes parents ont eu fini, j'avais pris ma décision : partir en Abadonne pour te retrouver.

— Tu n'aurais pas dû.

La détermination brûla dans les prunelles que son ami posa sur elle, une flamme qu'elle ne lui connaissait pas, un but dont rien ne l'aurait détourné.

— Je t'aurais retrouvée où que tu sois, Neysa. J'aurais parcouru ce foutu monde pour savoir ce qui t'était réellement arrivé.

Une nouvelle digue se rompit alors. Soutenue par Lortan qui s'était empressé de se lever avant qu'elle ne s'effondre, Neysa pleura. Plus sa perte cette fois, mais toutes les autres.

De son ancienne vie à celle qu'elle ne voulait pas.

De son ancien amant à son âme sœur qu'elle détestait.

Elle pleura jusqu'à ne plus pouvoir, elle pleura jusqu'à ne plus savoir si des minutes ou des heures s'étaient écoulées. Jusqu'à ce que Lortan dépose un baiser sur son front en continuant, une main traçant des cercles chauds dans son dos.

Une ancre, un lien entre elle et lui, entre son passé et l'avenir qui se profilait.

— Tes parents ont approuvé l'idée, ils ne pouvaient de toute façon pas y aller eux-mêmes, ils devaient feindre de porter ton deuil avant de préparer tes obsèques.

— Tu as apporté la lettre ici en repassant avant d'aller prendre un bateau.

Neysa faisait les rapprochements autant qu'elle le pouvait entre la version que lui avait fournie son amie et celle, bien plus complète, de l'homme face à elle.

— Oui. J'aurais voulu faire plus, j'aurais tellement souhaité te trouver, je suis désolé…

— Ce n'est pas à toi de t'excuser ! Tu sais, je t'ai vu sous la montagne.

Elle était fatiguée, épuisée de toute cette histoire.

— Tu y étais ?

— Oui, je dansais avec Kieran quand tu es arrivée.

Un horrible frisson hérissa son échine au souvenir du prince d'Abadonne la faisant tournoyer, à ses paroles tordues et ses iris couleur ciel.

Des yeux qui, bien que d'une teinte opposée, avaient au final le même reflet que des obsidiennes qu'elle connaissait.

— Nous étions si proches, se désespéra Lortan. Je venais d'accoster au port voisin, le jour même. Je me suis rendu à la fête où je savais le trouver, où j'étais attendu, puis à peine avions-nous échangé les banalités que ton père m'avait conseillées que l'attaque a débutée.

— Emilia m'a dit que tes gardes t'avaient évacué.

— Tiré par la peau des c…

— Ok, Ok, rigola Neysa en le coupant de ses mains plaquées sur sa bouche.

Il rit contre ses paumes, attendant qu'elle les retire.

— Ils m'ont balancé sur un bateau serait le terme le plus juste, reprit-il, direction Cérésen sans une once de considération pour mes protestations.

— Je suis heureuse qu'ils l'aient fait.

C'était la vérité. Elle n'aurait voulu pour rien au monde qu'il soit blessé ce soir-là, ou même lors de l'anniversaire du Roi où il serait forcément allé. Neysa en venait à se dire que cette attaque avait au moins eu un réel intérêt.

Elle s'apprêtait à ouvrir la bouche lorsqu'un bâillement digne d'un record l'en empêcha, faisant sourire Lortan qui déposa un baiser un soupçon trop long sur le haut de son crâne.

— Allez, vas dormir, l'enjoignit-il en regagnant la porte.

La jeune femme, épuisée après tant d'émotions, frottait ses paupières lourdes lorsque son ami ajouta :

— Tu savais qu'il vole ?

— Hein ?

— Ton oiseau, expliqua le Lortan, c'est lui qui a porté la lettre en Abadonne.

Impossible, songea Neysa. Mais elle n'eut pas le temps de dire au prince qu'il devait se tromper que le battant s'était déjà refermé, la laissant seule avec ses questions.

Chapitre 9

La nuit était tombée. L'estomac plein, Neysa avait espéré réussir à s'endormir, mais c'était sans compter sur les dizaines de souvenirs qui ne cessaient de l'assaillir. S'il fut un temps où elle craignait de fermer les yeux par peur de se retrouver dans une caverne noire d'où les cris l'attaquaient de toute part, ce soir elle ne voulait pas dormir, car ce moment lui rappelait trop Kalhan.

La légèreté du drap frais frôlant son dos contrastait avec la fermeté du torse puissant de Kalhan. Son oreiller était trop plat maintenant qu'il n'y passait plus son bras. La brise fruitée qui balayait ses cheveux n'avait pas le rythme froid et régulier de son souffle. La texture douce du tissu glissant sur ses lèvres n'était en rien similaire aux baisers passionnés qu'il lui avait donnés.

Elle ne pouvait dormir, ne cessant de se retourner pour arrêter d'y penser, de penser à lui. Pour empêcher son ventre de se nouer en songeant au fait qu'elle ne le reverrait jamais, pour calmer les picotements sous sa peau menaçant de tout brûler.

Elle le haïssait.

Il lui manquait.

Et juste pour ça, elle désirait sombrer. Elle priait pour tout recommencer, pour se réveiller un matin dans la chambre du palais de cristal, et que tout cela ne soit qu'un mauvais rêve.

Et dans tout ça, dans toute cette ambivalence qu'elle ressentait, dans ses sentiments qui oscillaient tel un pendule dans un mouvement infini, elle ne se sentait plus aussi incomplète qu'elle l'avait toujours été.

Il comblait cette part qu'elle n'avait jamais pu nommer.

Nourrissait ce vide qu'elle n'avait jamais pu alimenter.

Éclairait cette zone qu'elle pensait condamnée.

Mais par-dessus tout, il brisait ce qu'elle n'avait jamais confié.

Ça suffit ! s'ordonna-t-elle en se levant.

Habillée d'une robe de chambre et d'un châle qu'elle passa sur ses épaules, elle descendit les escaliers bordés de fleurs de la tour où elle logeait pour rejoindre le jardin intérieur similaire à celui de sa demeure. Elle déambula sous la clarté vespérale que les immenses couloirs ouverts laissaient pénétrer, foulant le marbre froid où parfois des pétales se collaient à la plante de ses pieds nus.

Comme un miroir de celui de Crystalia, le jardin était entouré de balustrades et de gigantesques colonnes, le tout éclairé par les étoiles puisqu'aucun toit ne surplombait l'endroit.

Des tulipes de toutes les couleurs jonchaient le sol, et au centre du parterre Neysa vit les plus rares qui existaient : une variété aux reflets dorés dont les étamines semblaient être de petits cristaux aux nuances claires.

— Je me suis toujours demandé pourquoi elles ne poussaient pas en Crystalia, s'éleva la voix douce de son amie de l'autre côté du paradis végétal.

— Tu ne dors pas ?

Les deux femmes se rejoignirent au pied du tapis de tulipes, s'agenouillant pour en faire un bouquet.

— Le mariage hante mes pensées.

— Des doutes ? s'inquiéta Neysa en levant des yeux assurés vers elle.

Peu importe ce que dirait Emilia et la proximité de la date fatidique, s'il fallait tout annuler et couper des têtes pour y arriver, la jeune Crystalienne était plus que volontaire.

— Non non, rigola la princesse, sa longue chevelure brune tombant sur ses épaules alors qu'elle posait une main apaisante sur l'avant-bras de Neysa, qu'elle voyait plus déterminée que jamais.

— Sûre ?

— Certaine. C'est juste que je déteste tous les trucs officiels…

Oui, pouffa intérieurement Neysa, elle se souvenait fort bien des nombreux évènements que son amie avait saccagés pour ne pas y assister.

— Une journée, la rassura Neysa en retournant sa paume pour la serrer, une seule journée et ensuite tu pourras retirer ta couronne et tous ces horribles trucs que tu devras porter.

— Toi aussi hein ! s'exclama Emilia en lui donnant une tape dans l'épaule, si je dois être déguisée en princesse, alors toi également.

Neysa recula en secouant la tête plus vite qu'une girouette.

— Jamais de la vie ! Tu es folle, ma pauvre, rectifia-t-elle en se levant, son bouquet à la main, ton mariage : ton problème.

— Mais ! s'offusqua la future mariée.

— Ne compte pas sur moi sur ce coup-là !

— Je croyais qu'on était amies.

La jeune Céréséenne prit un air faussement énervé, les bras croisés sur sa poitrine.

— À jamais ! répondit Neysa.

Avant d'ajouter en levant un doigt :

— Sauf pour ça. Ça ne fait pas partie du contrat.

Elle haussa ses épaules, une moue fictivement navrée sur ses traits machiavéliques.

— Désolée, trépigna-t-elle sur place.

— Tu n'es qu'une…

Mais Neysa n'entendit pas la suite, pas quand son esprit se mit à vibrer de ce lien si particulier, de cet appel qui surgissait comme à chaque nuit qui tombait. Elle prit conscience de lui d'une manière qu'elle ne voulait pas, d'une façon presque physique, comme s'il était là. Elle sentit son attente, éprouva le poids qu'il portait désormais, ressentit la colère qui le caractérisait depuis toujours. Elle aurait pu le visualiser si elle ne maintenait pas ce mur entre eux, celui derrière lequel elle se terrait.

Elle força son esprit à demeurer calme, tout ce qui l'entourait passant au second plan. Il n'y avait plus de ciel étoilé, d'amie en train de faire semblant de se fâcher ou d'herbe humide sous ses pieds. Il ne restait que le souvenir de leurs étreintes mensongères, de leurs baisers au goût de trahison, que la vision d'un étranger devenant roi, d'un amant devenant l'ennemi.

— Ney's ?

La souffrance partageait ses veines avec la peine. La colère divisait son cœur avec l'amour.

Il était tout, pourtant il fallait qu'il ne soit plus rien.

Les images de ses sourires se superposaient au désespoir de ses parents lorsqu'ils lui avaient appris l'assassinat de son frère.

— Ney's, ça va ?

Elle devait lutter, ne pas le laisser entrer, ne pas le laisser la sentir. Elle devait maintenir ses appels sans réponses, rester une cible inaccessible jusqu'à ce qu'il se lasse, que le temps passe et que la douleur s'efface.

Elle ne le fera jamais.

Neysa ?

Ses dents grincèrent alors que tout son corps était parcouru d'un tremblement visant à empêcher la colère qui courrait en elle de calciner l'entièreté du palais où tant de plantes permettraient de tout brûler.

C'était trop, trop dur, trop éprouvant.

Il y avait trop de sentiments, de douleur et de ressentiments.

Trop d'horreurs qu'elle se retenait de lui balancer, trop de haine en elle qu'elle refusait de laisser s'exprimer.

Comment avait-il pu lui faire ça ?

Pourquoi ?

Qu'était la vérité ?

Pourquoi se posait-elle la question alors qu'au fond, elle le savait ? Leurs âmes étaient trop liées pour qu'elle puisse l'ignorer, ce qui ne faisait qu'alourdir le poids qu'elle ressentait.

Puis, soudain, Emilia posa une main tiède sur son bras, un subtil contact qui lui permit d'ouvrir les yeux, de plonger ses ambres désespérés dans ses émeraudes désolées.

— Oh Ney's...

La jeune femme avait compris quand le visage de son amie s'était fermé, lorsqu'elle avait vu son corps se raidir et ses poings broyer les tiges des tulipes qu'elle n'avait pas lâchées.

— Lui ?

Neysa hocha doucement la tête alors que la voix froide et grave de Kalhan résonnait encore en elle, l'appelant malgré la haine que lui aussi lui vouait.

C'était trop, trop dur, trop éprouvant.

Trop compliqué de supporter ses émotions en plus des siennes.

Trop difficile de combiner sa haine et sa colère à lui.

Il y avait trop de sentiments des deux côtés, de douleur et de ressentiments.

Trop... tant que Neysa ne pouvait pas l'accepter.

Tant de choses qui faisaient qu'ils en étaient là à cause de lui, de ses paroles et de ses actes, de ses secrets et manipulations. Il n'avait pas le droit d'être celui en colère, il n'avait pas le droit de l'appeler d'une voix si désespérée. De jouer la victime alors qu'il n'était que l'instigateur de cette farce diabolique.

C'était beaucoup trop.

Beaucoup trop dur.

Beaucoup trop éprouvant.

— Je... commença Neysa au moment où une larme dévala sa joue.

Une seule.

Unique.

Rare.

Une goutte orangée, éclatante, laissant une trainée aux nuances enflammées sur sa peau.

Une perle salée contenant tout ce qu'elle ne pouvait exprimer.

Un liquide doré qui tomba de son menton dans un scintillement lumineux avant de se poser sur le haut du bouquet.

Une gemme d'ambre enflammée qui, à l'instant où elle toucha le premier pétale, l'embrasa.

— MES DIEUX ! hurla Emilia en se jetant en arrière, s'éloignant autant que possible du brasier que tenait toujours Neysa.

Pas pour longtemps.

La princesse de cristal eut à peine le temps de hoqueter que les fleurs si rares tombèrent en cendre dans sa main, laissant son poing se refermer dans le vide où seules quelques cendres noires reposaient.

— Comment as-tu fait ça ?

Neysa ne répliqua pas, la bouche ouverte dans une réponse muette. La connexion avec le roi d'Abadonne s'était coupée à la seconde où la première flamme avait éclos.

Seul ce pouvoir peut nous séparer.

Il n'y avait que ce feu, mélange parfait d'eux deux, qui pouvait les empêcher de se retrouver. Le don qu'il lui avait donné pour se protéger lui permettait aussi de le faire… de lui.

— Ney's ?

— Je… je ne sais pas, balbutia-t-elle déconcertée, ce n'était pas voulu.

Son amie considéra le tas de cendre à leurs pieds ainsi que l'intégrité du reste du jardin. Puis, sans lui laisser le temps de protester, elle l'entraîna à sa suite dans un dédale de couloirs qui menait à sa propre chambre.

Chapitre 10

— **A**ssieds-toi là, ordonna Emilia en appuyant sur les épaules de Neysa pour qu'elle pose ses fesses sur le tabouret devant sa coiffeuse.

La princesse obéit sans opposer de résistance, ne sachant plus si elle réfléchissait trop ou si son esprit en était devenu incapable.

— Je n'ai rien, finit-elle par dire en clignant des paupières alors que son amie s'était agenouillée devant elle avec les crèmes et bandages nécessaires aux soins d'une brûlure.

— Je vérifie juste.

— Emilia…

— La ferme et laisse-moi faire.

D'accord.

L'esprit de Neysa se mit au garde-à-vous devant la femme qui tournait et retournait ses mains dans tous les sens, écartant ses doigts et remontant ses manches pour s'assurer qu'effectivement, elle n'avait rien.

— C'est bon ? finit-elle par demander d'une voix plus douce.

Emilia ne répondit pas, se contentant de lever sur elle des yeux furieux.

Je me tais !

Son amie l'avait perdue, l'avait imaginée en danger de mort, torturée ou blessée, alors elle pouvait bien la laisser vérifier par elle-même son état de santé si cela l'apaisait.

Elle prit donc son mal en patience, balayant des yeux la pièce qu'elle connaissait par cœur, mais où elle n'était pas venue depuis longtemps. Rien n'avait changé, seuls quelques bibelots étaient apparus. Des bougeoirs, des peintures, une pile de lettres qu'elle supposa être d'Ellory et…

— Tu l'as toujours ! s'écria-t-elle en échappant à la poigne de l'intéressée pour se ruer vers une grande commode où trônait une sublime boule de cristal.

Reposant sur un pied en bois creusé, la sphère était emplie de minuscules particules blanches semblables à de la neige, qui volaient dans tous les sens si vous la retourniez ou la secouiez.

— J'ai fait un tel scandale pour en avoir une que je me ferais pendre par le cou si jamais j'osais la jeter.

— Un scandale ? la taquina Neysa, heureuse d'avoir une échappatoire à son tourment, tu as fait venir tous les artisans du continent.

— Il faut avouer qu'elle est très belle.

— À qui le dis-tu, sourit Neysa en pensant à la boule presque similaire qui trônait sur sa coiffeuse dans la chambre du palais de cristal.

— *Qu'as-tu eu ? ne cessait de trépigner la jeune Emilia en courant partout dans les couloirs du palais de Crystalia.*

— *Trop de choses, s'esclaffa la princesse à la chevelure auburn en filant devant elle, ralentissant par moments pour vérifier que son amie suivait le rythme.*

— *Allez, s'impatienta la boule de nerfs qu'était la Céréséenne, trop impatiente de voir ce que sa plus grande amie avait reçu lors du défilé organisé pour sa première décennie.*

Une célébration importante avait eu lieu en Cérésen lors de la fête donnée pour Neysa, et Emilia, qui n'avait pu s'y rendre, s'était consolée pendant toute la durée des chants auxquels elle avait été obligée d'assister en se disant qu'elle verrait une fois toute cette sottise terminée les cadeaux de son amie.

Et se goinfrerait de sucreries.

Voyant que celle qu'elle considérait comme sa nièce ne tenait plus en place, Arianna était venue rendre visite à la reine Kaytlain, une amie de longue date, permettant à Emilia de satisfaire sa curiosité. Lortan était resté à Elandria, bien trop heureux d'échapper à la surveillance de la reine consort pour tenter d'égaler le niveau d'équitation de Neysa en montant à cru, profitant de l'absence de sa tante.

À son plus grand dam, même des années plus tard, il n'y parviendrait jamais.

— Allez, magne tes fesses, jura la jeune princesse en claquant la porte derrière son amie, manquant de coincer sa longue chevelure brune entre les battants clos.

— La vache ! s'écria Emilia, sa mâchoire tombant au sol devant la montagne d'objets qui s'étalait sous ses yeux, où qu'ils se posent.

Du haut de ses douze ans et malgré son statut d'héritière, au même titre que celle qu'elle aimait appeler sa sœur, Emilia n'avait jamais vu autant de cadeaux réunis en un seul endroit.

Pour une seule personne.

— Mais ? commença-t-elle en voyant celle à qui ce trésor appartenait s'asseoir et lui faire signe de regarder ce qu'elle voulait, que vas-tu faire de tout cela ?

Ses doigts touchaient les reliefs d'un calice, frôlaient la douceur des plumes d'une robe. Ses yeux déchiffraient les lettres de tant de poèmes et de titres de carnets que les symboles dansaient derrière ses paupières.

— Neys', il y en a trop.

— Je sais bien ! rétorqua Neysa en haussant les épaules, et je ne suis même pas sûre d'avoir tout aperçu.

— C'est certain tu veux dire !

Emilia tourna encore et encore autour de la pile qui faisait deux fois sa taille, s'étonnant même que la reine de Crystalia ait autorisé que cela soit entreposé dans la chambre de sa fille.

Elle qui aimait l'ordre et les règles… et bien là, c'était tout l'opposé.

— Tu veux voir quelque chose ? demanda alors Neysa.

Et Emilia sut.

Au timbre tremblant d'excitation dans la voix de son amie, à ses mains qui s'agitaient sur ses cuisses et à ses épaules qui ne cessaient de bouger dans tous les sens, elle savait qu'elle avait un autre genre de trésor à lui dévoiler.

— Bien, j'attends ! clama Emilia, encore plus impatiente si cela était seulement possible.

La jeune princesse de dix ans sauta sur ses deux jambes, se précipitant vers la tête de son lit où elle commença à farfouiller dans la masse d'oreillers plus gros et doux les uns que les autres. Après maints efforts pour éviter les attaques volantes de plumes, et l'une d'elles reçue en pleine face, Emilia entendit Neysa crier.

— Je l'ai mise là pour pas que mère ne la jette lorsqu'elle se décidera à faire déguerpir tout ce bazar.

Ce qui ne saurait tarder, se fit comme réflexion Emilia.

— Regarde, chantait-elle presque, assise sur son lit avec une boule de tissu entre les mains.

La jeune Céréséenne la rejoignit sur le matelas où elle observa avec attention les différentes couches de tissu pourpre s'effeuiller les unes après les autres, révélant bientôt un des plus beaux objets qu'elle n'ait jamais vus.

— Par Syntra, murmura-t-elle, une paume placardée sur sa bouche entrouverte, c'est ?

— Une boule à neige, termina Neysa en séparant du socle de bois la sphère transparente.

L'objet avait une forme parfaitement ronde, aucune bulle, aucune imperfection, rien n'entachait sa beauté ou n'en faisait une de celles qu'on appelle imparfaites. Non, elle était raffinée en tout point.

À l'intérieur, posée sur un tapis de blanc, la figurine d'une petite fille aux cheveux auburn, les bras en l'air, semblait embrasser la vie, le monde extérieur à la bulle dans laquelle elle se trouvait. Mais si l'on retournait ladite sphère, alors le tapis se transformait en pluie et l'image d'une enfant embrassant la vie devenait celle d'une âme embrassant le froid mordant.

Jamais de sa vie, depuis ce jour-là, la princesse Emilia n'avait vu d'objet si beau, de scène lui paraissant si vraie.

Celle d'une fille à la chevelure feu attendant patiemment que le froid de l'hiver piquant devienne vivant, pour faire de cette scène quelque chose de bien plus grand.

C'est après cette journée et des mois à avoir fait venir des artisans de tout le continent, que la jeune amie de Neysa fit faire la sienne ; une sublime boule aux légères imperfections représentant une toute petite fille blonde d'à peine deux ans

assise sur un banc recouvert de neige, un petit insecte noir aux reflets bleus près d'elle.

— Pourquoi ? lui avait demandé Neysa.

— Je ne sais pas, avait répondu Emilia, qui avait elle-même posé la question à celui que sa mère avait choisi pour réaliser l'objet.

Et, en effet, la princesse ne savait pas de quoi l'avenir serait fait.

— Viens, finit par déclarer Emilia, tirant Neysa de ses souvenirs en lui lançant ses longs cheveux bruns dans le nez en se retournant, allons dormir.

Elle la suivit d'un air encore absent, perdue dans les méandres d'un passé qu'elle avait oublié, mais qui ressurgissait comme s'il s'agissait de la journée de la veille. C'est en arrivant de l'autre côté de la pièce qu'elle réalisa, se tournant vers le lit intact.

— Ellory ?

Emilia lui tira la langue.

— Dans ses appartements.

— Vous ne dormez pas ensemble ?

La jeune femme lui lança une œillade amusée depuis l'autre côté en ouvrant le drap impeccablement lisse.

— Disons que j'avais prévu qu'une personne s'y glisserait à sa place ce soir.

Neysa sentit son cœur se fendre, mais pas de ce vide qui le coupait en deux, plutôt une fissure chaude, belle et qu'elle acceptait bien volontiers.

— Je suis désolée, murmura-t-elle tout de même en s'étendant près de son amie.

— Ne t'inquiète pas, la rassura la douce Emilia en lui placardant un baiser sur la joue, j'ai toute la vie pour dormir avec Ellory.

Une chance que je ne connaîtrai pas, fut la dernière chose que la jeune Crystalienne pensa, avant d'enfin réussir à s'endormir.

Chapitre 11

Douze jours après l'Élévation.

Les jours suivants s'étaient déroulés dans un flou complet pour Neysa.

Ellory n'était pas venu la voir ni ne lui avait présenté ses excuses pour la supercherie dont il avait usé durant dix années : ordre de sa future femme de laisser son amie en paix.

En revanche, la reine et sa consort étaient venues rendre régulièrement visite à Neysa dans la chambre d'où elle ne sortait pas, profitant du repos autant qu'elle pouvait le trouver. Les retrouvailles avaient soulagé Neysa d'un poids, et elle n'avait eu aucun doute quant à la confiance qu'elle pouvait offrir aux deux femmes, aussi leur avait-elle raconté l'histoire, négligeant uniquement le fait que le *Servus Mortis* était plus qu'un « partenaire de quête ».

Pour cela, elle n'avait confiance qu'en Lortan et Emilia, lequel avait d'ailleurs passé une grande partie de ses journées à lui tenir compagnie. Ils avaient toujours tout su les uns sur les autres et elle ne souhaitait pas que cela change : ils étaient donc les seuls à être au courant du lien qui unissait la princesse Crystalienne et le roi Abadonnien.

— Allez ! Allez ! On se bouge ! Et que ça saute !

Neysa sourit avant même que la porte de sa chambre ne s'ouvre à la volée sur la future mariée du jour, complètement paniquée.

— Tu veux que je le tue ? proposa-t-elle en se levant, veillant à ne pas malmener sa longue tresse piquée de fleurs.

— Ellory ? demanda-t-elle en risquant un regard par la porte entrebâillée, non ! Ma mère en revanche…

Ses billes émeraude, assorties à la couleur de sa robe de jade, trouvèrent les ambres de Neysa.

— Zigouille-la quand tu veux.

— Emilia ! s'éleva une voix stridente derrière le battant.

La princesse recula aussi rapidement que faire se peut pour la vitesse d'un humain normalement constitué, ses doigts jouant avec les perles de sa robe tandis qu'une reine offusquée pénétrait dans la chambre.

— Oh… mère, tenta Emilia sous le regard courroucé de Lucianna, je… euh…

Elle se mit à tapoter le bout de ses index l'un contre l'autre, penchant la tête pour chercher le soutien d'une Neysa qui ne voulait absolument pas être mêlée à ça.

Elle avait assez d'une mère en colère pour gérer celle-là en plus.

— *Désolée,* lui lancèrent ses prunelles aucunement désolées.

— Emilia, souffla la reine dont la chevelure similaire à celle de sa fille tombait sur ses épaules alors qu'elle s'approchait d'elle pour lui prendre les mains, qu'y a-t-il ?

— Je n'ai pas envie.

— Quoi ?

Même Neysa se tétanisa, ne s'attendant pas à un tel revirement.

— D'épouser Ellory ?

— Non. Enfin si ! Bien sûr que si ! cria la jeune femme en faisant les cent pas.

— Alors quoi, l'enjoignit d'une voix plus douce sa mère que se passe-t-il ?

— Tout ça ! elle engloba la pièce d'un geste, mais son mouvement signifiait bien plus que les quatre murs autour d'elles.

— La cérémonie ? proposa Neysa, qui voyait où voulait en venir son amie, lui lançant la perche dont elle avait besoin.

— Les codes, se lamenta la sublime mariée en se laissant tomber dans une expiration exagérée sur le lit.

Elle regarda sa mère, secouant la tête devant la montagne qu'elle s'apprêtait à gravir.

— Les codes. L'étiquette. La tête haute. Les courbettes. Les sourires mielleux. Les danses à offrir.

— Les corsets ! intervint Neysa.

Oui, on ne parlait absolument pas de ça, mais si un décret pouvait être émis pour enfin arrêter de porter cette absurdité, elle était prête à tenter le tout pour le tout, comptant même sur la liste de son amie.

— Les corsets, répéta d'ailleurs celle-ci en hochant la tête, c'est horrible.

— Un instrument de torture, précisa Neysa.

— Le pire, renchérit Emilia sans cesser de fixer la reine des yeux.

— Et il faut arrêter avec les diadèmes qui pèsent plus lourd que notre propre corps.

— On a mal aux cervicales, confirma Emilia.

— Mesdemoiselles, Mesdemoiselles, intervint Lucianna en levant ses mains en signe d'abandon.

Elle avait depuis trop d'années assisté et fait les frais de la complicité des deux jeunes femmes pour savoir quand il serait impossible de les stopper.

— Lorsque vous serez reines, vous ferez ce que bon vous semble…

— Mais… la coupa Emilia.

Avant d'être à nouveau interrompue à son tour.

— Mais pour l'instant il y a des règles importantes auxquelles il est nécessaire de se soumettre.

Emilia soufflait de dépit lorsque sa mère s'approcha d'elle et releva de ses longs doigts fins le menton qu'elle avait baissé.

— Et d'autres qui ne sont pas forcément obligatoires le jour de son mariage.

Le regard de sa fille adorée s'illumina un instant, laissant à Lucianna le temps de déposer un baiser sur son front, formulant une dernière recommandation :

— Juste quelques sourires mielleux, s'il te plait.

— Merci.

Une volée de marche.

— Merci à vous.

Le tournant d'un escalier.

— C'est sublime, continuez.

La traversée d'un couloir.

— Juste comme ça, superbe.

Et ça continuait, encore et encore.

— Incroyable votre veste lord Tosne.

Une colonne de marbre.

— Oh dis do…

Et Neysa tira son amie par le bras, l'entraînant derrière le pilier qui les dissimulait à la première salle contenant des invités.

— On t'a dit des sourires mielleux bon sang, pas de cirer les pompes à tous ceux que tu croises, s'horrifia Neysa qui n'en pouvait plus.

— Tu sais, ma chère amie, commença Emilia en faisant mine de replacer une mèche qui ne s'échappait en rien de sa sublime coiffure auburn, je te trouve un peu froide depuis ton retour.

Un clin d'œil et Neysa voulut la tuer, sauf qu'une voix qu'elle ne pensait plus avoir l'occasion d'écouter s'éleva.

— Lady Dorianne.

Merde.

Neysa pivota sur elle-même, un sourire dégoûté placardé sur son visage dépité.

Oui… une voix qui aimait beaucoup trop s'entendre parler.

Jérémia Martinnsen.

Elle tenta de parler en scrutant le Nautiléen qu'elle avait vu il n'y avait pourtant pas si longtemps, or même les mots semblaient désirer le fuir, ne la laissant qu'avec une grimace qui changeait en permanence.

— Lady Dorianne ? intervint un homme surgissant de derrière le premier.

Double merde.

Ethan Martinnsen.

— Mon frère, reprit Jérémia en désignant d'un geste élégant la femme devant lui, je te présente lady Dorianne, la dame dont je t'ai parlé.

Pardon ?

Ethan parut penser la même chose puisqu'il regarda son aîné des pieds à la tête, vérifiant sa santé mentale.

— Tu parles de la princesse de Crystalia ou serais-tu devenu si fou que tu verrais les morts, mon frère ?

— D'accord, chuchota Neysa en pivotant rapidement vers Emilia, fais des sourires mielleux.

Et elle tourna les talons, fuyant aussi vite qu'elle le pouvait celui qu'elle avait déjà rejeté.

— Attendez ! monta la voix du Nautiléen dont les pas se rapprochaient.

Vite. Elle accéléra le pas.

Trop vite. Trop tard.

L'homme surgit face à elle, les joues rougies dans son sublime costume qui devait lui tenir bien trop chaud vues les températures plus élevées en Césésen.

— Rentré d'Abadonne ? demanda Neysa, prenant les devants avant même qu'il n'ait commencé.

Il hésita un instant à parler, mais bien que l'envie de confronter la jeune femme soit très forte, le Nautiléen connaissait les bonnes manières, et sa place face à une princesse.

— En effet, pour les noces de votre amie, répondit-il simplement.

— Bien.

— Là-dessus, vous m'aviez dit la vérité.

— Développez, ordonna-t-elle.

Oui, elle n'avait aucune patience. Pas même avec l'homme qui avait tenté de la détourner de Kalhan.

Cela m'aurait évité bien des ennuis.

— Le soir de notre rencontre, lui rappela-t-il en s'approchant légèrement, vous m'aviez annoncé être une amie de la princesse de Cérésen

Ah oui. Exact.

— Et ? continua-t-elle d'un ton où amabilité rimerait avec décapiter.

Oui, elle n'avait véritablement aucune patience. Surtout pas avec l'homme qui avait tenté de la détourner de Kalhan.

— Je ne comprends pas… pourquoi avoir menti sur votre identité ?

Neysa pouffa en reculant pour mieux contempler Jérémia.

— Et pourquoi vous la donner ?

— Nous vous pensions morte. Pas sur la *Vieille Marchande* bien sûr, la nouvelle de votre « accident » ne nous est parvenue que par courrier une fois en Abadonne.

— Et bien je vais très bien, comme vous pouvez le voir.

Bon sang qu'avait-elle fait ? Quand ce fichu manège et les explications prendraient-ils fin ?

— Je vois ça… murmura-t-il pour lui-même en frottant son menton recouvert d'une fine barbe.

Jérémia se grattait le front en regardant ses pieds, laissant la princesse se balancer de l'un à l'autre en attendant que ses deux neurones entrent en contact.

Ce qui mit plus de temps que prévu à se réaliser.

— Vos parents ont fait parvenir une missive à pratiquement toutes les personnes importantes du continent peu après l'annonce de l'accession au trône du fils disparu d'Abadonne et mon retour en Nautiléa, énonça-t-il plus pour lui-même que pour elle.

La gorge de Neysa se noua, l'empêchant de déglutir convenablement à l'évocation de Kalhan, ou plutôt à ce que le mot *disparu* faisait résonner en elle.

Il y avait un autre prince qui avait *disparu* de la même main que celui qu'elle se forçait à chasser de ses pensées.

— Elle disait que votre accident n'était qu'un mensonge destiné à vous protéger, mais qu'ils avaient eu confirmation directe du décès de Khorse et Mayden et que vous reveniez. Que depuis tout ce temps vous n'étiez pas morte mais que vous aviez été kidnappée par… OH !

Ça y est, ça percute, songea Neysa pour qui le temps commençait à être long.

L'expression de l'homme face à elle aurait pu être comique si elle ne savait pas que la culpabilité se mêlait à la surprise chez le jeune Nautiléen.

—Lord Dorianne… commença-t-il, ses traits figés dans un masque d'horreur, votre époux… C'est lui, le *Servus Mortis*. Ce monstre est…

— Il est le roi d'Abadonne, affirma haut et fort Neysa, sa voix coupant net quiconque contredirait sa déclaration.

Mais elle trancha bien plus que cela.

Pourquoi ? se raidit-elle.

Pourquoi le défendait-elle ainsi ?

Pourquoi ne laissait-elle pas quelqu'un le traiter de ce qu'il était ?

Un monstre.

Un menteur.

Un manipulateur.

Pourquoi la haine qu'elle se forçait à éprouver, la colère qu'elle s'obligeait à ressentir étaient-elles toutes les deux moins fortes que la loyauté qu'elle lui vouait ?

Pourquoi, alors qu'il avait brisé son cœur, alors qu'elle pleurait tous les jours et le maudissait, sa maudite âme s'entêtait à le défendre ?

Parce qu'il existait une définition plus vraie de ce qu'il était.

Son âme sœur.

Pourtant, la trahison était si amère qu'elle devait se retenir par moment d'en vomir. Elle se trouvait folle, sotte, idiote, folle, illogique. Amoureuse, aveugle, folle – oui, encore une fois.

Quelque chose ne tournait pas rond et tenter de reprendre une vie « normale » n'arrangeait rien.

Avancer était possible, seulement elle pouvait s'entêter à regarder devant elle, elle ne voyait qu'un pâle reflet de ce qu'elle avait quitté. Elle avait descendu l'escalier aux côtés de son amie non sans penser au soir sous la montagne où Kalhan l'avait tirée pour l'exfiltrer. Elle posait ses prunelles n'importe où et quel que soit le verrou qu'elle avait mis sur ses pensées, il s'ouvrait dès qu'il s'agissait de ce maudit couronné.

— Le Roi ? balbutia Jérémia en s'approchant.

Il avait saisi ses mains si rapidement qu'elle ne s'en rendit compte qu'en baissant les yeux sur leurs paumes jointes, ne sachant quand cela s'était produit.

— Le *Servus Mortis*, lord Dorianne, n'est autre que le premier né d'Abadonne ? Lui ?

— Oui, fit Neysa en récupérant ses mains, sa chaleur lui manquant alors qu'elle prenait de la distance avec le Nautiléen en état de choc.

Elle lui tourna le dos, regroupant le tissu de sa robe d'un blanc immaculé poudré d'or pour quitter le couloir formé par les colonnes et rejoindre son amie.

— Je suis désolé.

Et s'arrêta net.

— Pardon ?

Neysa fit volte-face, interloquée par les paroles de Jérémia qui n'avait pas bougé d'un pouce. Le sourire charmeur qu'elle lui connais-

sait et l'avait vu arborer tant de jours avait déserté ses traits, ne laissant qu'un homme navré.

— Pourquoi ? bredouilla-t-elle en faisant quelques pas vers lui.

— Je n'ai rien vu. Je n'ai pas remarqué votre détresse ou que quelque chose n'allait pas, je pensais simplement qu'il ne vous rendait pas heureuse et…

Il secoua la tête, sa tignasse sombre laissant quelques mèches retomber sur son front barré de regrets.

Oui, il n'avait plus rien en cet instant de l'homme hautain qu'elle avait côtoyé.

— Vous aviez pourtant deux cabines… il ne vous lâchait pas… et ce soir-là, s'horrifia-t-il en levant sur elle des yeux exorbités.

Oh non… redouta Neysa, *non non non.*

— Vous m'avez repoussé après le diner, car vous saviez qui il était. Vous avez tenu les gens loin de vous, vous condamnant à ce démon pour protéger les autres.

Faux.

— Je… commença-t-elle, mais aucun mot de plus ne put quitter la barrière de ses lèvres.

— Je réparerai mon erreur, promit alors l'homme qui s'inclina dans son costume bleu nuit, j'en fais le serment.

— Vous n'avez pas à faire cela, chuchota Neysa dont le poids du monde semblait la supplier de s'effondrer.

Car oui, elle avait menti.

Non pour les protéger.

Mais pour ne pas le partager.

C'est figée qu'elle regarda un Jérémia perturbé se retirer après s'être incliné une seconde fois, lui montrant le respect dû à son rang.

Neysa rejoignait le reste des invités, les plus riches et les plus nobles qui existaient sur ce continent lorsqu'elle s'arrêta entre deux colonnes, observant l'assemblée dans l'ombre.

Tu lui reproches de t'avoir menti pour te garder.

Tu lui reproches de t'avoir manipulée pour se venger.

De ne pas t'avoir révélé sa véritable identité.

Mais là, tapie dans la noirceur à regarder le spectacle qu'offraient les Céréséens, Nautiléens et Crystaliens, elle fut obligée d'arriver à une conclusion qu'elle réfutait. À un fait qu'elle redoutait et ne voulait pas affronter.

Elle avait fait pareil.

Pour les mêmes raisons.

Et ce, au monde entier.

Elle avait menti et manipulé tous les gens ici présents pour se venger. Elle avait dissimulé son identité pour parvenir à ses fins, ne se demandant pas plus que ça de quoi serait fait le lendemain.

Elle l'avait fait.

Comme lui.

Ils n'étaient finalement pas si différents, la seule chose étant que l'un d'eux assumait tandis que l'autre fuyait la vérité.

Chapitre 12

La cérémonie commencerait d'ici une heure, aussi Neysa s'efforçait d'éviter les salles bondées pour ne pas avoir à discuter de sa mort et de sa résurrection soudaine, bien qu'elle n'ait pas à expliquer toute l'histoire puisque ses parents avaient fourni les grandes lignes.

Et puis avec les trois ou quatre… bon la dizaine de nobles qu'elle avait envoyé paître, les autres ne venaient plus lui poser de questions, leur curiosité vite effacée par les regards qu'elle lançait.

— Attention ou tu vas brûler toute la pièce, lui souffla Emilia en surgissant à ses côtés, glissant son bras dans le sien.

— Ça t'arrangerait, avoue !

— Assurément, lui répondit entre ses dents serrées la jeune femme occupée à fournir un sourire mielleux à un couple de Crystaliens qui entrait dans la cour.

Les portes du mur étaient exceptionnellement fermées pour ne laisser que les invités du mariage royal pénétrer dans l'enceinte du château. L'assemblée se réunissait par petits groupes, un tel évènement étant toujours immensément rare au vu de la durée de vie.

— Ethan ? chuchota Neysa en se penchant vers la chevelure brune de son amie, préférant songer et s'occuper de tout ce qui la distrairait de ses propres tourments.

— Pas content, sourit cette fois véritablement la future mariée, trop heureuse de s'être définitivement débarrassée de son prétendant numéro un.

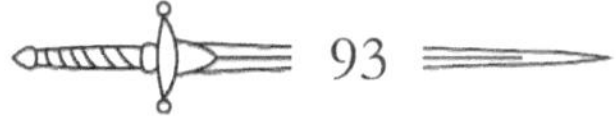

— Il n'a pas dû être ravi, supposa Neysa en voyant l'homme à l'ombre d'un cerisier ne cessant de les fixer de ses yeux sombres.

— Ce n'est pas le seul, mais il s'y fera, comme eux.

La princesse suivit le signe de tête de son amie, découvrant les parents d'Ellory déambulant dans les jardins comme s'ils étaient chez eux.

— Abrutis, grogna Neysa que ses épaules commençaient à démanger à force de poser son regard sur tant de gens qui l'horripilaient.

Entre l'homme ne pensant qu'avec son service trois pièces qu'elle avait rêvé d'arracher et le couple ne considérant pas son amie comme suffisamment intéressante pour la position dont ils rêvaient pour leur fils, elle était surprise que les alentours ne soient pas déjà calcinés, tombant en cendres sous la colère qui la rongeait.

Tu m'étonnes qu'il avait envie de tout éclater en permanence, se faisait-elle comme réflexion en faisant craquer sa nuque, quand soudain, le choc.

Son cœur battit à ses tempes, réduisant au silence tout le reste.

Boum Boum.

Une fois.

Deux fois.

Elle était dehors pour ce moment, attendant sous le regard des curieux ceux qu'elle avait fait patienter, ceux dont elle savait qu'ils allaient bientôt arriver.

Ils avaient respecté son choix, comme toujours.

Et là, devant elle, en bas des marches d'où elle surplombait de plusieurs têtes l'assemblée, au bout du chemin, la reine Kaytlain et le roi Orso se tenaient debout, contemplant leur fille, vivante et rentrée.

— Mère ! Père !

Neysa ne sut pas comment elle atterrit dans les bras forts de son père. Avait-elle couru jusqu'à eux ? Était-ce eux qui s'étaient précipités vers elle ?

Les gens autour d'eux étaient-ils partis ou la chaleur et la sécurité des bras enserrant ses épaules suffisaient-elles à effacer tout ce qui les entourait ?

Elle n'entendait plus rien, ses oreilles étaient bouchées à tout bruit parasite autre que ceux de ses parents lui disant à quel point ils l'ai-

maient, à quel point elle leur avait manqué, combien ils s'étaient inquiétés. L'amour, la joie et la peine étaient les trois seules émotions qui semblaient encore exister.

— Oh Neysa, pleura sa mère en prenant son visage en coupe, j'ai déjà vécu cela une fois, je ne pensais pas le supporter une deuxième, et il est certain qu'une troisième me tuera, alors ne refais plus jamais ça !

Le cœur de la princesse était trop plein, enfin trop rempli pour qu'elle ne prête en cet instant attention aux mots qui échappaient à la reine Kaytlain.

La souveraine de Crystalia elle-même ne faisait plus attention à ce qu'elle disait, trop heureuse de retrouver l'unique enfant qu'il lui restait, celui qu'elle avait craint de ne jamais revoir.

— Tu as changé, souffla-t-elle après un long moment d'embrassade en laissant le vent tiède de ce début d'après-midi sécher le flot de larmes qui maculait ses joues.

Neysa lui offrit un sourire autant qu'elle le put, se moquant bien de ce que l'on percevait d'elle maintenant qu'elle avait retrouvé ses parents.

— Je l'ai vengé, sanglota-t-elle en posant sa tête contre l'épaule de son père, occupé à lui caresser les cheveux de sa large main, je l'ai fait, je l'ai vengé. J'ai vengé Cassiel.

L'étreinte du Roi se resserra, menaçant de l'écraser de la force brute qui l'avait toujours caractérisé.

Ce n'est qu'à ce moment, qu'entre les bras de ses parents que le poids qu'elle s'attendait à voir partir la quitta enfin. Ce ne fut qu'en leur disant à eux, à haute voix, qu'elle le réalisa vraiment, fermant définitivement la porte à cette vengeance désormais accomplie.

Les cailloux cachés sous le lit de pétales roses pénétraient dans les genoux de Neysa, s'enfonçaient dans ses jambes, mais cela ne comptait pas comparé au fait d'être enfin avec ceux qu'elle aimait.

Elle attrapa la main de sa mère, la laissant la porter à sa bouche lorsqu'elle sentit la poigne sur sa paume se raffermir étrangement.

— Mère ? demanda-t-elle en posant sa vision floue sur le visage figé de la reine.

— Orso ? se contenta de répondre celle-ci, ses yeux ancrés dans ceux de son époux.

Le Roi relâcha son emprise sur Neysa, attrapant sa main que sa femme lui tendait pour la porter à ses lèvres.

— Que… ? commença Neysa avant de comprendre subitement.

Elle était parfumée, ses cheveux étaient emplis de fleurs libérant leur sublime effluve et sa robe ainsi que son cou portaient les traces du flacon qu'Emilia lui avait donné plus tôt dans la matinée.

Mais sa main, elle, sentait son odeur.

Celle d'un lilas chaud, celui de l'arbre en fleur sous le soleil, voilà la senteur qu'avaient toujours connue ses parents.

L'odeur que bien évidemment ils ne percevaient plus en cet instant.

— Neysa ? demanda son père en écarquillant les yeux alors qu'elle récupérait sa main en se jetant sur ses pieds.

— La cérémonie va bientôt commencer, répondit-elle à la place pour changer de sujet.

Elle ne pouvait pas parler de ça, pas maintenant, pas aujourd'hui, pas avec eux. Pas après tout ce qu'ils avaient déjà vécu et perdu.

Elle tamponna ses joues que le vent avait presque totalement fait sécher, laissant ses parents se remettre debout, non sans la détailler de leurs regards perçants.

Les épaules de Neysa se raidirent sous leur inspection et elle sentit le picotement devenu trop courant lui parcourir la peau alors que ses volutes ne demandaient qu'à brûler.

Brûler ceux qui tentaient de trouver la marque de Kalhan.

Ça suffit ! s'ordonna Neysa, muselant son pouvoir qui ne tolérait pas qu'on la scrute de la sorte.

Le souverain du royaume de cristal s'approcha de sa fille, retirant de son mouchoir les légères traces de noir qui maculaient le dessous de ses yeux en posant sur son enfant, comme depuis sa naissance, ses émeraudes bienveillantes.

— Va, lui souffla-t-il en lui donnant un baiser sur le front, nous aurons tout le loisir de parler lorsque nous serons rentrés.

Comment ne pouvait-elle pas fondre devant tant de gentillesse et de compréhension venant de la part de ceux qu'elle avait elle-même tant inquiétés ?

Elle voulut partir, rejoindre l'autel où elle serait aux côtés de sa meilleure amie, mais au dernier moment, elle se jeta au cou de ses parents, un bras autour de chacun d'eux.

— Je suis désolée. Tellement désolée.

C'était la vérité la plus sincère qu'elle n'ait jamais énoncée. La plus vraie de toutes celles qu'elle avait révélées.

Son père lui embrassa la tempe, sa barbe rêche lui donnant envie de se gratter puis sa mère, fidèle à elle-même, lui rappela qu'elle était bien rentrée :

— Si tu me refais un coup pareil jeune fille, les leçons que ce maudit Hermann t'a données ne te seront d'aucune utilité lorsque je te retrouverai.

Chapitre 13

— **P**ar ce lien, s'éleva la voix de la prêtresse qui tenait entre ses paumes fines celles, liées par une couronne de fleurs que les deux futurs époux avaient fabriquée, les mains d'Emilia et Ellory, je vous déclare unis. Que votre vie soit longue et que rien en ce monde ou dans l'autre ne vous sépare.

Neysa avait regardé son amie remonter l'allée dans une sublime robe vert jade cui faisait briller ses yeux comme jamais, émue pour Emilia, heureuse d'être là, brisée de se rendre compte qu'elle en avait aussi rêvé et que cela ne se produirait jamais.

Les deux nouveaux époux s'embrassèrent sous l'acclamation de la foule réunie dans la cour extérieure du palais d'Elandria. Neysa avait réussi à éviter d'interagir avec un maximum d'entre eux et pour ceux qui s'étaient glissés entre les mailles de protection de son filet, Lortan et ses parents les en avaient vite chassés.

Lortan.

Le jeune homme qu'elle connaissait avait, semble-t-il, disparu, remplacé par un homme à la volonté de fer et dont la détermination suintait par tous les pores de sa peau. Il était là, non loin d'elle, assis sur le premier banc, à lui sourire après l'avoir détaillée et lui avoir jeté un clin d'œil qui lui fit lever les yeux au ciel. Leur relation avait toujours été amicale, puis plus intime, mais sans qu'elle n'attende ou ne désire quoi que ce soit de plus profond avec lui. Ils étaient amis, voilà tout.

Pourtant, assis sur sa gauche, penché pour écouter ce que le roi de Crystalia lui chuchotait à l'oreille, Neysa dut admettre qu'elle ne connaissait pas l'homme qui lui faisait face.

Son visage, bien que jeune et parfaitement lisse du haut de son jeune âge, si l'on considérait que l'espérance de vie était de sept cents ans, était dorénavant marqué par quelque chose qu'elle ne pourrait nommer. Une force, une volonté qu'elle ne lui connaissait pas, mais qui lui allait bien, ou plutôt, qui lui était propre. Comme s'il était enfin ce qu'il aurait toujours dû être.

Une fois n'est pas coutume, un frisson hérissa son échine, la totalité de la peau de son dos frémissant sous l'ondulation de son pouvoir qui réagissait aux deux yeux qu'elle savait en train de la contempler.

Jérémia.

Le Nautiléen n'avait cessé de tourner son attention vers elle depuis leurs retrouvailles, la mettant mal à l'aise alors que ce genre de choses ne l'avait jamais fait auparavant.

Elle avait dit à Emilia qu'elle ne devrait pas se tenir à ses côtés, car bien qu'elle ne le désire pas, elle savait que la moitié des invités préféreraient scruter la femme déclarée morte puis revenue à la vie plutôt que la mariée du jour.

— Justement ! s'était écriée Emilia en rigolant, ne crois-tu pas que je n'y ai pas pensé ! Hors de question qu'ils passent leur temps à me reluquer sur l'estrade, c'est ton rôle !

— Les distraire ? Jouer la bête de foire ?

— Affirmatif !

— Je te déteste.

— Je t'aime aussi, avait souri sa jeune amie en la gratifiant d'un baiser sur la joue.

Le nouveau couple princier de Cérésen se tourna vers la foule, et Ellory en profita pour regarder Neysa, posant sur elle les mêmes prunelles que celles du jour où il lui avait fait une demande totalement stupide.

Il irradiait, sentant le bonheur simple et pur à des lieues à la ronde.

— Désolé, articula-t-il en silence alors que sa jeune épouse le tirait déjà à sa suite dans l'allée.

— Félicitations, répondit Neysa de la même manière.

La fête battait son plein, l'orchestre jouait sans discontinuer depuis des heures déjà et les gens dansaient.

Beaucoup de gens.

Trop de gens, pensa Neysa.

Le couple princier n'avait quitté la piste que pour boire et grignoter entre deux musiques, et tous les hommes qui auraient voulu inviter la future Reine à danser se voyaient gentiment envoyer paître, non par elle, mais par son époux qui, apparemment, ne comptait pas partager. Les jeunes mariés ne s'étaient départis à aucun moment de leur sourire depuis qu'ils avaient prononcé leurs vœux. Si certaines unions n'étaient que pure politique et arrangement, il n'en était rien ici.

— Tu ne danses pas, ma chérie ? demanda la reine Kaytlain qui n'avait cessé depuis qu'ils s'étaient assis tous les trois de tenir la main de sa fille comme si elle pouvait lui être à nouveau arrachée.

— Non.

Neysa secoua la tête, tentant d'afficher sur son visage une expression neutre alors que la vague d'amour qui engloutissait les invités lui donnait la nausée.

— Allez-y, vous, les enjoignit-elle, sachant que ses parents avaient toujours eu un faible pour les valses.

Ils hésitèrent un instant, se jetant des œillades qui en disaient long sur les doutes qu'ils avaient quant à laisser leur fille.

— Je ne vais pas m'enfuir à l'autre bout du monde, les rassura Neysa en tirant sur la main de la reine pour attirer son attention, promis.

— Mais si…

— Tu me ramèneras par la peau des fesses, je sais, déclara Neysa en prenant la voix de sa mère.

— Attention jeune fille, la menaça Kaytlain en déposant un baiser sur son front avant de suivre son époux au milieu des danseurs, ce n'est pas parce que je suis heureuse de te revoir que…

— Oui, oui, se moqua Neysa en lui tirant la langue comme quand elle était enfant.

Les yeux de Kaytlain devinrent noirs, mais n'eurent pas le temps de fusiller sa fille que le Roi fit tournoyer sa femme, attirant son attention sur autre chose que leur insolente progéniture.

Elle les regarda danser, savourant la tiédeur de l'air du soir et le repas qui était excellent, bien qu'elle ne mangeât pas grand-chose, son appétit l'ayant quitté depuis douze jours déjà.

Lortan avait réussi à voler sa sœur à son beau-frère et tournait avec elle, rigolant avec sa mère, la reine Lucianna qui avait offert, à contre-cœur à en voir son expression horrifiée, une danse à un vieux Lord.

La musique emplissait l'espace, comblant chaque recoin d'une mélodie entraînante et joyeuse. Le ciel était rose, les oiseaux valsant eux aussi au-dessus de la fête dans un amas qui semblait à la fois ordonné, puis désordonné. Ils virevoltaient comme les danseurs, partant dans un sens puis dans l'autre, effectuant de longs mouvements, puis…

Neysa ne vit pas la suite du ballet volant, son attention attirée par un costume noir qui passa une brève seconde entre deux colonnes fleuries derrière la piste.

Son cœur loupa un battement et sa chaise faillit faire tomber un homme quand elle se leva dans la précipitation, emmenant la nappe avec elle. Elle retint de justesse la vaisselle qui manqua de se fracasser au sol sous le regard désapprobateur des Céréséens qui la voyaient agir comme une enfant mal éduquée.

Allez vous faire voir ! leur dit-elle de ses ambres endiablés.

Elle slaloma entre les danseurs, se contorsionnant pour éviter de percuter les corps qui tournoyaient. Cela aurait été plus intelligent de contourner la piste, mais ça lui aurait pris trop de temps.

Elle n'avait pas ce luxe.

Sa respiration s'était accélérée, allant aussi vite que son cœur pulsait le sang dans ses veines, manquant de la faire défaillir à chaque fois qu'elle apercevait la silhouette s'éloigner.

Pouvait-on faire une overdose d'oxygène ?

Respirer si vite et fort que notre cerveau ne pourrait assimiler la quantité d'air fourni ? C'est ce qu'il lui semblait quand elle émergea de l'océan humain pour retrouver la fraîcheur de l'ombre.

Elle inspira une seconde, savourant cette sensation qu'elle ne se connaissait pas apprécier, ce froid sombre qu'elle n'avait jamais aimé. Celui qui, désormais, la comblait.

L'ombre tourna à l'angle de la cour et Neysa courut, le bruit de ses chaussures martelant la pierre grise du sol à mesure qu'elle avançait sur le chemin que formaient les colonnes de fleurs, s'approchait de plus en plus de…

D'un serviteur.

Un…

Son cœur se brisa une nouvelle fois en découvrant l'homme habillé en costume noir venu se cacher là où il n'y avait aucun invité. Un des valets qui s'était certainement vêtu de la sorte pour se glisser à la fête sans y être convié.

— Votre Altesse, s'inclina-t-il en voyant surgir comme une furie la princesse aux joues rougies.

— Je… commença Neysa.

Mais que pouvait-elle dire ? Je vous ai pris pour un autre ?

Qui ?

Qui avait-elle espéré découvrir au lieu de ce blondinet à peine sorti de la puberté ? Après qui avait-elle cru courir ?

Qui avait-elle rêvé de voir ?

Oh dieux, s'horrifia-t-elle devant le jeune homme à qui la situation échappait totalement, *je voulais le voir.*

Lui.

Ce constat lui retourna l'estomac si vite qu'elle dut pivoter rapidement, s'appuyant à l'angle du bâtiment alors que le contenu de son ventre se vidait à ses pieds.

— Madame ! s'exclama le valet en s'approchant avant de s'arrêter devant la paume tendue qu'elle levait.

— Ça va, balbutia-t-elle entre les remontées acides qui brûlaient sa gorge et les larmes qui brouillaient sa vision.

Quel monstre était-elle ?

Qu'était-elle devenue ?

Quel genre d'être voudrait revoir ce monstre ?

Qui pouvait se jeter ainsi au milieu d'une foule en espérant retrouver le fils des assassins de son frère ?

Comment… pouvait-elle… seulement…

Elle ignora le bruit de ses larmes tombant de ses joues pour s'écraser dans les restes de son repas, son cœur trop brisé pour penser à cela, son âme trop meurtrie par sa trahison.

Ses mensonges étaient son enfer.

Ses sentiments, sa malédiction.

L'éternel cycle de sa damnation.

Elle avait toujours été en accord avec ses choix, elle n'avait jamais douté des décisions qu'elle prenait. C'était la première fois qu'elle ne se reconnaissait pas. La première fois qu'elle se détestait, qu'elle se maudissait.

Elle se maudissait de l'aimer.

Se maudissait de le tenir responsable des actes de ses parents.

Se maudissait de vouloir le voir.

Se maudissait de le rejeter.

Elle avait besoin d'autre chose, d'une nouvelle quête, d'une chose, peu importe laquelle, pour s'occuper. Il lui fallait un but, une raison qui ferait passer au second plan cet horrible tiraillement.

Elle finit par accepter le mouchoir tendu de l'homme avant de rejoindre les jardins menant à la porte avant du palais, le visage dans le même état que l'était son esprit.

Autre chose, pitié, pleurait-elle en silence en glissant sur le tapis rosé de fleurs de cerisier, *il me faut quelque chose, quelque chose pour apaiser cette douleur.*

Mais la princesse aurait dû savoir qu'il y a des choses à ne pas désirer.

Car en effet, où que l'on soit, il y a toujours quelqu'un pour écouter.

Et ce que l'on souhaite peut parfois se réaliser plus vite qu'on ne l'avait pensé.

Mais pas de la façon espérée.

Chapitre 14

Les marches se ressemblaient tandis que ses pieds les foulaient. Les couloirs déserts étaient tous semblables et les portes les mêmes, mais la princesse attristée les connaissait par cœur, aussi trouva-t-elle sa chambre sans même regarder où elle allait.

Elle claqua la porte derrière elle, rejoignant le devant de sa coiffeuse où elle se laissa tomber sur le tabouret, fixant le reflet d'une femme brisée.

Était-ce son visage qui était ainsi tiré ou le miroir face à elle déformait la réalité ?

Ça ne pouvait être que ça, ou alors c'était encore pire que ce qu'elle croyait.

Elle sécha ses yeux rougis puis lava ses joues de toutes traces à l'aide d'une gelée nettoyante extraite d'une plante, le tout en gardant le contrôle de son pouvoir qui, à l'image de ce qu'elle s'imaginait lui faire, voulait tout détruire.

Elle ne rêvait plus de faire sombrer Abadonne, de voir l'île disparaître, non.

Elle avait découvert de la bonté dans la laideur qu'on lui avait toujours contée.

Elle avait rencontré la gentillesse là où elle pensait que n'existait que la sécheresse.

Abadonne méritait plus que ce qu'on s'autorisait à lui donner.

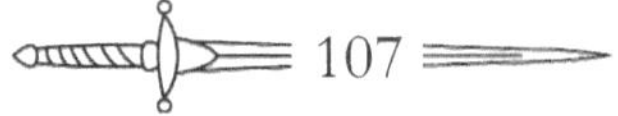

Mais son roi, ce menteur, ce…

Deux coups sur la porte mirent fin aux scénarios où ce n'était plus le cœur d'Iréna que Kalhan tenait dans ses mains, mais bien le sien qu'elle dévorait pour être certaine qu'il ne puisse plus jamais exister.

— Neysa ?

Elle reconnut la voix de Jérémia avant même que sa tête n'apparaisse dans l'entrebâillement de la porte.

— J'étais inquiet !

Il pénétra dans la chambre sans attendre une quelconque invitation, et par ailleurs, cela ne la dérangea pas outre mesure sur l'instant. Pas si elle pouvait arrêter d'imaginer le goût du sang de Kalhan sur sa langue et sa texture sur ses doigts.

— Il ne fallait pas, répondit Neysa en se détournant, préférant affronter son reflet encore abimé que les yeux de l'homme qui l'avait tant de fois énervée auparavant.

— Bien sûr que si ! tonna-t-il d'une voix où perçait à moitié l'horreur et autre chose, une chose qu'elle ne réussit pas à définir.

— Tout va bien, lui assura alors Neysa en le regardant dans le miroir, pressée d'être seule et de laisser cette journée derrière elle.

Oh ! Il faut que je prévienne mes parents, je dois…

Elle se leva pour rejoindre la fête qui se déroulait toujours à l'extérieur, soucieuse de ne pas les inquiéter plus qu'elle ne l'avait déjà fait, lorsqu'elle heurta le torse de l'homme qui s'était approché.

Qu'est-ce que…

Jérémia attrapa ses épaules et Neysa fût trop interloquée par sa soudaine proximité pour ne serait-ce que reculer.

— Je ne vous ai pas protégée la dernière fois. Je n'ai pas remarqué que vous étiez en danger et que vous aviez besoin d'aide…

— Ce n'est…

— Mais je le peux dorénavant. Ma famille est l'une des plus puissantes de Nautiléa. Mon royaume saurait vous combler…

Qu'est-ce que…

Neysa recula, mettant une distance de sécurité tout en regardant l'homme des pieds à la tête comme son jeune frère l'avait fait plus tôt pour vérifier son état.

— Sachez, commença-t-il d'une voix plus basse, d'une intonation que Neysa avait entendue trop de fois, que je n'ai jamais menti quant à mes intentions.

Oh non…

— Que vous soyez Brÿanna ou la princesse Neysa…

Oh ciel la ferme ! pensa-t-elle, trop épuisée pour une telle scène.

— Vous êtes la plus belle femme que j'ai rencontrée, et le désir, je ne peux le nier, que j'éprouvais de vous éloigner de celui que je croyais être votre mari ne s'est en rien tari.

Oh bordel.

Il n'allait pas faire ça ? Ici ? Maintenant ?

Puis, alors que son cœur aspirait à fuir plus vite que son propre corps ne le lui permettait, le jeune Nautiléen augmenta la distance entre eux d'un pas, et posa un genou à terre.

Bordel de merde !

— Épousez-moi. Laissez-moi réparer mon erreur, vous protéger comme je n'ai pas su le faire. Laissez-moi vous vénérer comme personne ne l'a jamais fait.

Bordel, mais il veut finir décapité ce con !

Oui ! hurlait son pouvoir prêt à le consumer jusqu'aux os, à ne laisser de ce sot qu'un petit tas noir que le vent se chargerait de disperser.

Non ! Non ! Non ! voulait-elle crier.

— …

— Neysa ?

La porte s'ouvrit soudain à la volée et Lortan apparut. Tel le sauveur qu'elle n'aurait su espérer, son meilleur ami surgit au meilleur moment de sa vie, stoppant net ce qu'il allait dire en découvrant le Nautiléen un genou à terre dans la chambre de Neysa.

— Neysa ? l'appela Lortan, ses prunelles choquées posées sur la main que Jérémia avait reprise.

Dégage ! Lâche-moi toi !

— Neysa ? la questionna Jérémia, laissant son attention osciller entre le Céréséen choqué et la femme dont il attendait une réponse.

Bordel de p… de m…

Réponds ! se hurlait-elle. *Réponds ! Bouge-toi ! Allez !*

— Hey, l'interpella Lortan en contournant l'homme au sol, ignorant son regard meurtrier planté sur lui, ça va ?

Réponds !

— Neysa, tu ne vas pas dire oui ?

— Je ne vous permets p…

— La ferme ! tonna le prince en arrachant la main de la jeune femme à celle de son prétendant numéro un.

Merci, fut le mot que Neysa faillit lui dire. *Merci de me sortir de cette situation merdique, merci d'être entré pour me sauver, merci.*

Elle aurait pu lui dire ça, ou alors envoyer paître l'homme à genoux comme elle l'avait fait avec de nombreux autres, mais, une fois n'est pas coutume, elle avait prié trop fort.

Et la mauvaise personne avait écouté, la même qui était à l'origine de tout ce foutoir.

— Choisis-moi, déclara contre toute attente Lortan d'une voix où cette nouvelle détermination perçait.

HEIN ? Quoi ?

La bouche de Neysa s'ouvrit sur un mot muet, sa main ne tenant dans celle du prince que parce qu'il la serrait.

— Épouse-moi, répéta-t-il sans fournir une once d'attention à celui qui se relevait en frottant la poussière de son pantalon.

Ils sont fous. Ils ont mangé quelque chose de pas net au mariage.

— Lortan… souffla-t-elle en secouant la tête.

Pas comme ça, elle ne l'avait jamais considéré comme ça. Lui non plus, c'était… *Non, impossible.*

— Je te connais, reprit-il en posant son autre main sur la sienne, je te connais, je sais qui tu es, ce que tu aimes, ce que tu détestes et ce qui te fait sortir de tes gonds.

Visiblement non, gronda une chaleur incommensurable en elle.

— Nous deux, ça a toujours existé.

Ce n'était pas Lortan, l'homme face à elle interrompant une demande pour faire la sienne par-dessus ne pouvait être celui qu'elle avait toujours côtoyé.

— Nous sommes amis, murmura-t-elle en agitant la tête comme pour se sortir d'un mauvais rêve.

Ils étaient fous, il s'était passé quelque chose durant son départ et ils étaient tous tombés sur le crâne.

— Nous pourrions être plus Neysa, toi et moi. Nous nous connaissons par cœur. Je sais qui tu es bien plus que… lui.

Lortan cracha ce mot et chacune des cellules de Neysa se mit à brûler. Car si le Nautiléen pensait que son rival parlait de lui, la jeune femme savait à qui il faisait référence en réalité.

Ce fut la seule erreur qu'il commit. La seule chose qu'il n'aurait pas dû dire, car si Neysa ne supportait déjà pas que l'on parle de son ancien amant, son feu, lui, ne tolérait aucune exception quant à la mention de son âme sœur. Pas même de Lortan.

— Je pourrais t'aider. T'aider à aller mieux. T'aider à l'oublier.

Et cela suffit.

Le pouvoir qu'elle maintenait sous contrôle depuis tant de jours menaça de la consumer, elle ou les deux hommes qui tentaient de l'éloigner de sa destinée.

Après tout, son feu ne se matérialisait que grâce au don qu'il lui avait fait. Un bout de lui était toujours là, et ce morceau, cette unique pièce du *Servus Mortis* combinée à la part de Neysa qui l'aimait, voulait détruire ces deux abrutis.

Brûler, chantaient ses ailes.

Calciner, réclamaient ses volutes.

Détruire, psalmodiait son feu.

Elle ne pourrait pas le contenir, pas cette fois, pas quand son âme exigeait vengeance jusqu'à menacer de la consumer.

Chapitre 15

— **V**ous êtes complètement fous ! leur hurla-t-elle entre ses dents serrées en courant hors de la pièce, claquant le battant derrière elle.

Merde ! Merde !

Tout lui revenait en pleine face. Un maudit tsunami auquel elle ne pouvait échapper.

Elle avait repoussé les dernières semaines de son esprit autant qu'elle le pouvait. Elle se forçait à ne plus penser, à faire comme si rien n'avait existé bien que son âme meurtrie ne veuille que lui.

Lui et lui faire mal.

Lui faire mal comme il l'avait fait.

Lui et sa foutue colère qu'elle sentait à chaque fois qu'il tentait de lui parler.

Lui et son trône.

Lui et ses mensonges.

— Neysa ?

Emilia surgit de la volée d'escaliers menant au palier de la chambre de Neysa, son visage joyeux se décomposant en voyant son amie totalement perturbée, prête à exploser.

— Neysa !

Elle courut jusqu'à elle, attrapant ses mains comme les deux…

— Des abrutis, complètement idiots, ils sont ravagés, ça ne va pas bien…

— Oh oh oh, l'apaisa la princesse en levant une main où brillait sa nouvelle alliance, je ne comprends rien, dis-moi.

Neysa se força à inspirer et expirer trois fois avant de désigner en tremblant de rage la porte close d'où des voix s'élevaient.

— Jérémia, Lortan.

— Ils sont là-dedans ?

Le froncement de sourcils qui déforma le front de la Céréséenne obligea Neysa à s'imposer un calme précaire pour lui expliquer.

— Jérémia m'a demandé en mariage.

— Quoi ? s'éleva la voix surprise d'Ellory qui devait chercher sa femme.

— Lortan est arrivé, continua Neysa, se moquant bien que le Duc connaisse la vérité.

— Et ? s'enquit Emilia.

— Il m'a aussi demandé de l'épouser.

— PARDON ? hurla cette fois la princesse en percutant son époux.

— Emilia chér…commença l'homme.

— Va là-dedans ! le coupa-t-elle du ton tranchant qu'elle réservait à ses adversaires, mais d'où, néanmoins, pointait une touche de douceur, si l'un d'eux veut sortir, tue-le.

— Même ton frère ? se hasarda-t-il à demander avec appréhension.

— Surtout mon frère !

— Vous n'êtes pas obligés, commença Neysa avant d'être coupée.

— Fonce ! tonna la princesse.

— À tes ordres, la taquina Ellory pour détendre l'atmosphère, mais non sans s'exécuter avec hâte.

— Je ne peux pas, craqua Neysa au moment où le battant se referma sur l'écho des voix des trois hommes, la laissant s'écrouler contre la rambarde froide.

— Tu peux, lui promit Emilia en posant son front contre le sien après l'avoir aidée à se relever, tu es la femme la plus forte que je connaisse et tu as vécu bien pire que ça. Tu le surmonteras.

Neysa aurait voulu le croire, elle aurait aimé penser qu'elle avait vécu pire.

Des épreuves différentes ? Oui. Horrible ? Oui. Mais cette colère qui la rongeait, ce feu qui dévalait ses veines, rien n'aurait pu la préparer à cette sensation d'avoir été trahie par lui.

— Je ne sais pas comment faire pour vivre sans lui, souffla-t-elle alors.

Une confession contre le pardon.

Sa vérité contre sa culpabilité.

— Je le hais.

— Neysa…

— C'est viscéral… c'est… c'est comme si je respirais de la colère. Comme si l'air était chargé de haine et de lui, comme s'il n'existait rien d'autre que le goût de sa trahison. La voie est close et je n'arrive pas à aller ailleurs. J'aimerais avoir de la lumière Emilia, pleura Neysa dans un soubresaut, j'aimerais qu'il fasse à nouveau jour. Je te jure que j'aimerais voir le soleil, le sentir réchauffer ma peau, mais je sais… je sais qu'il n'y a que l'obscurité qui me fait exister, que le froid qui me donne cette sensation d'être enfin moi.

— De la haine à l'amour… commença son amie en frottant ses épaules.

— Dis qu'il n'y a qu'un pas…

— C'est le cas, soupira Emilia, que tu veuilles l'entendre ou non. Malheureusement, plus tu donnes et plus tu risques de tomber, plus tu prends et plus tu peux arracher.

Oui… elle avait donné et était tombée de haut, très haut. Jamais une chute n'avait été aussi brutale que celle de voir Kalhan devenir roi.

— Le hais-tu plus que tu ne l'aimes ?

Oui ! lui répondit son âme meurtrie.

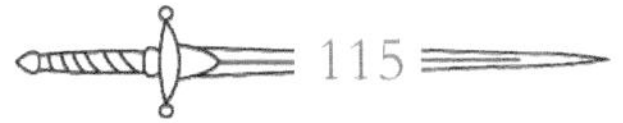

Non, lui souffla sa raison.

Seule une larme répondit à la princesse dont les yeux inquiets tentaient de lire l'âme de Neysa.

— Neysa, je pense qu'il faudrait que tu...

Neysa ?

Le reste de sa phrase mourut, s'éteignant dans le bruit de fond de l'appel de Kalhan. Le même que tous les soirs, le même que depuis le premier où elle était partie.

Laisse-moi ! voulait-elle lui crier, *je n'ai pas le temps pour ça ! Tu as tout fait foirer ! Je te hais ! Je deviens folle à cause de toi ! J'ai trop de choses à gérer, trop de problèmes, trop de... tout.*

À commencer par les deux hommes dans la pièce d'à côté qui la réclamaient.

Arrhhh, hurlait-elle à s'en briser l'âme.

Elle ne voulait pas lui parler sous peine d'exploser, ses poings se serraient en sentant son lien persister, la connexion toujours établie que son pouvoir maintenu sous contrôle ne bloquait pas.

Ne réponds pas, ne réponds pas.

Le mantra tournait en boucle dans son esprit, empêchant la moindre bribe d'elle de fuser par ce qui les liait.

Ne réponds pas, ne réponds p...

— Ney's, ça va ? la secoua Emilia.

Merde ! Non, non, NON ! hurla-t-elle en percevant la corde vibrer.

Neysa ouvrit les yeux sur le ciel maintenant sombre de Cérésen, priant pour que le minuscule filament qu'elle avait laissé échapper n'ait pas trouvé sa route.

Ne réponds pas, priait-elle les poings serrés, ses épaules déjà raides d'appréhension.

Elle ne voulait plus jamais lui parler, entendre cette voix qui lui avait murmuré tant d'insanités qu'elle avait aimées. Elle ne voulait plus jamais communiquer avec lui de cette façon, plus jamais sentir ses sourires dans son esprit, cette caresse invisible qu'il laissait courir sur sa peau. Tout ce qui avait désormais le goût amer de la trahison.

Ne réponds pas, ne ré...

Princesse ?

Fureur, haine et dévastation.

Son pouvoir se déchaîna, le couloir entier s'illumina tel un brasier lorsque ses volutes se déployèrent et menacèrent de calciner son amie.

Là.

Il était là.

Avec elle.

En elle.

Et toute la haine qu'elle avait renflouée, toute la colère, toutes les pensées qu'elle s'était obligée à repousser venaient de la submerger.

Ferme ta gueule, connard !

Ney…

Ne prononce plus jamais mon prénom, cracha son pouvoir qui l'illuminait tel un cristal enflammé, *ou je te jure que tu finiras comme tes parents chéris.*

La princesse tremblait, sourde aux appels de son amie qui tentait de la raisonner en gardant une distance acceptable pour éviter que les ondulations jaillissant du dos de la Crystalienne ne la blessent, ça où les dizaines de fleurs qui s'étaient déjà enflammées et éclairaient l'ensemble du couloir.

Emilia avait compris dès la seconde où le regard de Neysa s'était voilé d'une sorte de drap ondulant sur ses prunelles que le roi d'Abadonne lui parlait.

La jeune femme était complètement démunie. Elle voyait Neysa pleurer, puis reculer en menaçant de s'arracher les cheveux. Ses poings tiraient sur les mèches auburn, arrachaient les fleurs et défaisaient sa tresse dans des gestes emplis de colère et de désespoir.

Un désespoir qui broya le cœur d'Emilia.

Les volutes formaient des ailes puis l'entouraient comme une chenille dans un cocon, laissant quelques secondes de calme recouvrir l'endroit avant qu'elles ne s'ouvrent sous un cri déchirant.

La princesse devant elle, la femme qu'Emilia avait toujours connue comme un roc tomba au sol en pleurant.

Qu'a-t-il fait ? se demanda la princesse nouvellement mariée en voyant le visage de son amie s'étirer d'un sourire à faire reculer les pires démons.

Neysa regardait d'un côté puis de l'autre, secouant la tête et essayant d'enfoncer ses ongles dans le marbre blanc, en râpant la surface jusqu'à hérisser les poils d'Emilia.

Puis soudain, un rire nerveux s'échappa de sa gorge, donnant à ses yeux un air si sombre qu'Emilia recula, ne reconnaissant plus l'âme face à elle. Les mots qui quittaient ses lèvres étaient désordonnés, incomplets, mais Emilia en perçut certain « faute, toi, remettre en question ». Il ne lui fallait pas toute la conversation pour comprendre qu'il tentait de la faire culpabiliser.

— Ney's… essaya-t-elle de l'appeler en s'accroupissant pour capter le regard de son amie.

Mais la jeune femme était perdue, trop loin. Le gouffre dans lequel il l'entraînait était trop sombre pour qu'elle puisse s'y engouffrer.

— Reviens, chuchota la douce Emilia, tentant le tout pour le tout en s'avançant, le bout de ses doigts entrant en contact avec ceux de Neysa.

Elle tourna la tête vers elle, le mince voile dissimulant ses prunelles disparaissant pour ne laisser que…

Des ambres enflammés.

Deux iris de la couleur des pierres orangées, deux prunelles brûlant d'un feu inconnu, inextinguible.

— *Quoi qu'il en soit, oublie-moi. Fais ta vie, vas-y.*

Elle parlait à haute voix, mais la femme accroupie savait que ce n'était pas à elle qu'elle s'adressait, que la haine et la peine qui déformaient ses traits ne lui étaient pas destinées.

Alors Emilia sut.

— *Je vais faire la mienne.*

Comme ce fut le cas la matinée où elle rencontra Neysa, comme le jour où elle fit la connaissance d'Ellory.

Comme toutes ces fois où son instinct lui avait parlé, elle sut, en entendant le tremblement dans la voix de son amie, en sentant ses doigts tressauter contre les siens, qu'elle l'aiderait à détruire cet homme comme il l'avait fait.

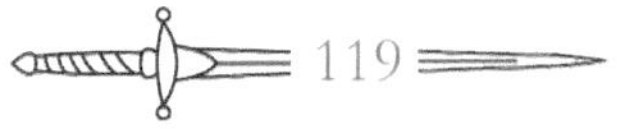 Écoute : Zombie, Peyton Parrish (4.42)

— Je ne peux pas, surgit alors la voix de la véritable Neysa, Emilia je ne pourrai jamais.

La princesse retourna la main de la seconde, s'approchant d'elle si près que les ailes pourraient la calciner, mais ce n'était pas ce qui la préoccupait.

— Attention ! s'écria Neysa lorsqu'une volute lécha une perle de la robe de son amie qui se désagrégea en un battement de cils.

— Tout va bien, la rassura Emilia en envoyant une pichenette sur le bout qui restait près d'elle, ouste !

D'accord, sourit Neysa en retrouvant l'Emilia qui n'avait pas froid aux yeux.

L'Emilia qui les tourna vers elle, plantant ses émeraudes sombres encore plus déterminées que celles de son frère dans les siennes.

— Tu vas continuer, lui assura-t-elle.

Non…

— Si !

Neysa ne parlait pas, mais son langage corporel le faisait à sa place.

— Si ! tonna Emilia en croisant ses bras sur sa poitrine, tu vas te relever, avancer et continuer sans lui.

— Tu n'as pas idée de ce que ça fait, répondit Neysa d'une voix entrecoupée par la douleur, tu ne ressens pas ce que je ressens.

— Neysa !

— Il n'est même pas là et il me hante ! s'égosilla Neysa en posant son front contre le marbre froid. Il n'est même pas ici et pourtant c'est comme s'il était toujours là, rôdant autour de moi.

Elle resta un moment dans cette position, attendant que la fraîcheur du sol calme ses nerfs à vif, mais ce fut plutôt sa peau qui réchauffa la surface lisse.

— Hum.

Emilia émit un bruit de gorge que Neysa connaissait trop avant de pouffer :

— J'aurais bien aimé qu'il soit là moi.

Interdite, Neysa se redressa pour fixer son amie qui avait perdu la tête. Avait-elle seulement écouté ? Ne voyait-elle pas dans quel état elle se trouvait ?

— Bah oui ! reprit Emilia en haussant les épaules comme si ce qu'elle disait n'était que pure logique, j'aurais bien voulu le voir réagir aux demandes des deux abrutis derrière, là. S'il ressent ne serait-ce que la moitié de ce que tu éprouves pour lui, j'aurais aimé regarder sa tête en voyant deux hommes te réclamer. Voir ses traits soi-disant si parfaits déformés par la haine. Oui, j'aurais donné cher pour observer ça.

Non, il ne valait mieux pas, s'horrifia Neysa en pensant une fraction de seconde à la réaction qu'il aurait eue. En se souvenant de ce qu'elle avait éprouvé avec la femme sur le bateau, puis avec Iréna.

La jalousie était peut-être la deuxième pire douleur après la trahison, voir son âme sœur avec une autre sans même savoir à cette époque qu'il l'était.

« Plus tu donnes et plus tu risques de tomber ».

Elle en avait été si malade qu'elle aurait voulu pouvoir s'extirper le cœur, elle aurait souhaité…

« Plus tu prends et plus tu peux arracher ».

Oh !

— Emilia… murmura-t-elle, les deux abrutis…

La jeune femme se tourna vers la princesse dont le regard venait de s'illuminer, dont la teinte sombre brillait désormais d'une flamme d'un rouge incandescent.

— Il n'a pas besoin d'être là.

Oh ! comprit Emilia.

— Il n'a pas besoin de le voir.

Elles n'étaient pas des âmes sœurs, mais comme deux femmes ayant grandi ensemble, comme deux amies ayant fait toutes les bêtises possibles et comme deux sœurs s'étant toujours tout confié : elles n'avaient pas besoin de parler.

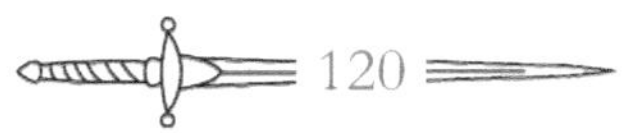

— Il n'a pas à savoir que c'est faux, juste à y croire, souffla la Céréséenne en réduisant la distance qui les séparait, l'excitation d'une vengeance grimpant en elle.

Non, en effet, pensa Neysa qui voyait les pièces s'assembler.

Elle n'avait pas besoin qu'il connaisse l'entière vérité.

Il l'avait brisée, manipulée, trahie, lui avait servi tant de mensonges sur un plateau qu'il l'avait brisée.

Elle hocha la tête vers son amie, deux ambres déterminés prêts à le calciner.

Un mensonge pour un mensonge, Connard, pensa-t-elle.

Elle se releva, acceptant l'aide venant d'Emilia.

Elle allait le blesser, lui faire ressentir une once de ce qu'elle éprouvait. C'était mal, tellement mal. Elle en avait conscience, mais la haine et la colère étaient les seules maitresses à bord. Sa vengeance ne serait pas comme elle l'avait prévue, mais elle savait à quel point il l'aimait pour deviner combien il aurait mal. Elle savait combien l'imaginer se fiancer, offrir son cœur et son corps à un autre le ferait se sentir trahi.

Oui, pensa-t-elle, *les âmes meurtries font les pires ennemis.*

Elle épousseta sa robe, le doute et la peur mis de côté par le feu qui brûlait autour d'elle.

Inspirer. Expirer. Poser sa voix.

Oh, reprit-elle en donnant le plus d'aplomb qu'elle pouvait à sa phrase, *et ne tiens pas compte de l'invitation.*

Silence.

— Alors ? articula silencieusement Emilia comme si l'homme au bout du monde pouvait l'entendre.

Neysa leva son index lorsqu'elle le sentit approcher de son esprit, ou plutôt la masse ondulante de ténèbres qui avaient déjà perçu le pire arriver.

Quelle invitation ?

Ce n'était plus l'heure d'hésiter.

Il ne restait que la vengeance nourrie par la trahison.

Oui, elle était sûre de sa décision.

Et de son retour de bâton.

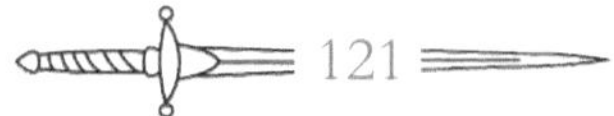

Oh… répondit-elle nonchalamment en faisant un petit rictus agrémenté d'un haussement d'épaules, c*elle de mes fiançailles.*

Alors tout s'éteignit. Toutes les braises qui voletaient encore dans l'air tombèrent au sol, toutes les fleurs qui continuaient de brûler cessèrent de flamber.

Un froid glacial s'abattit sur elle, la terrassant tant que même ses volutes allèrent trouver refuge dans son dos, se cachant du monstre sous sa peau.

— Neysa ? s'inquiéta Emilia dont la peau était hérissée d'une chair de poule.

Pliée en deux sous le coup de la fureur mêlée à la douleur qu'elle avait ressentie, il fallut un moment à la princesse Crystalienne pour réussir à nouveau à respirer et se redresser.

Et quand elle le fit, un sourire semblable à celui qu'il arborait étirait ses lèvres. Un rictus qu'elle lui avait dérobé.

Un partout, Connard.

FIN.

Extrait du Tome 3 :
De Topaze et D'Émeraude

Sept jours plus tard.

Quelque part aux abords du palais de Crystalia.

Écoute : Dernière danse, Kyo - Speed up (3.10) Deux fois.

Vide.

Aucune putain d'âme qui vive.

Il n'y avait personne. Personne ne croisait sa route depuis qu'il avait posé le pied dans ce pays maudit. Personne pour voir l'allée noire qui le bordait partout où il était passé. Nul être vivant n'osait s'approcher des ténèbres environnantes qui l'entouraient partout où il évoluait.

Les animaux avaient fui en sentant sa colère, les fleurs avaient fané lorsqu'il les avait englouties de sa noirceur. Même la lumière du soleil ardent de Crystalia ne semblait pas capable de percer la carapace noire qui l'entourait. Le nuage meurtrier qui l'enveloppait.

La haine et la colère, voilà de quoi il était fait.

Il n'avait toujours vécu que dans cela depuis qu'il était revenu à lui.

Depuis qu'*il* lui avait rendu la vie.

Il n'y avait eu que la vengeance comme seule lumière au bout du tunnel sombre.

Il n'y avait eu que l'odeur de leur sang, que le bruit de leurs cris, que l'écho de leurs os se brisant qui l'avait fait avancer chaque journée. Il voulait se venger.

Il le devait.

Elle aurait dû l'y aider.

Elle n'était qu'un contrat.

Mensonge ! hurla cette misérable part de lui qu'elle avait allumée.

Il la détestait, la haïssait pour lui avoir volé ce qui lui revenait de droit. Pour avoir fait partir ses amis loin de lui, pour avoir pris la vie à ceux dont lui aurait dû s'occuper. Ceux dont l'absence des cris le hantait.

Il la haïssait de l'avoir dépossédé de tout.

Du moins, c'est de ça qu'il tentait de se convaincre. Que sa haine ne provenait que du fait qu'une part de lui se sentait doublée, et non parce que ce putain d'organe qu'il avait récemment tenu dans ses mains, cette fichu pompe dont il se croyait dépourvu ne battait que pour elle.

Oh, Neysa, pensa-t-il en émergeant des ténèbres où il se cachait en voyant apparaître au loin le château de Cristal.

Le paysage lui donna mal au crâne. Trop de vert, de lumière, de couleur et de joie.

Trop de vie ! hurlèrent ses ténèbres.

Oui, approuva le monstre. Il allait régler ça.

Entre les chaumières et les avant-postes, les ombres se déplacèrent, entraînant leur porteur dans leur sillage, le dissimulant à la vue du peu d'âmes qu'il croisa.

Il remonta l'allée menant au palais brillant, ses poings se serrant sous la clameur qu'il entendait provenir du bâtiment.

Elle est là, elle est là, hurla son pouvoir.

Bien sûr qu'elle était là, avec eux, avec Lui.

Une volute fusa quand il pensa à celui qui croyait une seule seconde pouvoir se l'approprier. Tel un éclair noir, le pouvoir fusa, fissurant l'une des immenses statues qui ornaient l'entrée du plus beau monument jamais construit.

Il anéantirait tout, tout ce qui se trouverait sur son chemin.

Jusqu'à elle.

Cette fichue princesse Crystalienne qui avait retourné sa putain de vie. Cette maudite femme qui avait brisé son âme.

Ou plutôt, lui avait apporté ce qu'il n'avait jamais demandé.

Il avait fallu qu'il ne la tue pas, qu'il voie en elle la possibilité d'arriver enfin à ses fins. Il avait fallu qu'il l'épargne.

Qu'elle te mette KO… lui chuchota la masse ondulante et gelée dans laquelle il était dissimulé.

Elle était venue tout foutre en l'air, elle avait envoyé chier sa vie entière, bousculé des dizaines d'années de préparation.

Tout ça pour quoi ? Le laisser comme ça ? L'abandonner sur un maudit trône dont il n'avait jamais voulu ? Sur une fichue île qu'il ne rêvait que de voir brûler ?

Il n'avait jamais voulu de tout cela. Il désirait au plus détruire tout ça. Mais c'était trop tard, il n'avait plus le choix.

Elle ne le lui avait pas laissé.

Un rictus déforma ses lèvres, en relevant le coin quand il pensa à elle.

Oh oui Petite reine, tu as enclenché un jeu que tu ne saurais gagner.

Les portes s'ouvrirent avec fracas quand ses ténèbres frappèrent, le laissant évoluer calmement entre les colonnes de marbre et les portraits des ancêtres de sa bien-aimée.

Son ennemie.

Sa rivale.

Son âme sœur.

Le courant d'air glacé dévalait les couloirs du palais de cristal, une marée noire engloutissant chaque recoin où il passait. Il avançait, le

pas sûr, le cœur lourd et l'esprit enlisé dans une colère à laquelle il était pourtant étranger.

Nul ne se doutait dans les pièces attenantes du danger qui rôdait. Personne n'imaginait que le fléau du bout du monde était entre ces murs. Il les entendait rire, ces badauds qui s'extasiaient des fiançailles de la femme qui lui appartenait. Cette même princesse qui avait ravi une part de lui pour venir lui balancer qu'elle allait se marier.

Non. Nul ne se jouait ainsi du *Servus Mortis*.

Il ajusta sa démarche, changea de direction, se guidant à l'écho de plus en plus proche des voix qu'il percevait.

C'était un évènement énorme : les fiançailles de la princesse de cristal. L'héritière du royaume choisi.

Il n'aurait rien pu y avoir d'autre pour vider presque entièrement une capitale de ses habitants, les regroupant dans une salle si grande qu'elle pouvait presque tous les contenir.

Il se força à respirer, à garder au calme les ténèbres qui ne rêvaient que de tout saccager. Il maintint ses volutes en place, les empêchant de réduire en sable les cristaux qui bordaient son avancée comme elles avaient réduit en poussière sa suite à Abadonne.

La mort.

Il ne rêvait que de mort. Il la fantasmait. L'appelait.

Il n'attendait que de tuer l'enfoiré qui osait en cet instant la réclamer comme femme. De marquer son joli cou de la trace de ses doigts jusqu'à ce qu'elle sache où était sa place.

À nos côtés ! rugit le monstre, faisant trembler les lustres suspendus au-dessus de lui.

Oui.

Quels que soient ses méfaits ou la haine qu'elle lui inspirait. Peu importait à quel point il la détestait et combien elle le poussait à bout, sa place ne serait jamais ailleurs qu'auprès de lui.

Là où il pourrait la posséder, la marquer.

À lui.

Il avait fait ce qu'il fallait pour qu'elle l'aide. Il l'avait manipulée, lui avait menti dès leur premier échange, mais c'était elle qui l'avait réellement contrôlé. Elle et ses maudites prunelles larmoyantes qu'elle avait

posées sur lui depuis l'autre bout de la salle où elle l'avait condamné à errer.

Elle qui n'avait eu de cesse de s'infiltrer dans ses pensées.

Dix années.

Une décennie qu'il n'avait voulu de personne. Pas de sexe, pas de distraction.

Du sang, la mort, la souffrance…

Puis elle.

Son pouvoir devint incontrôlable, fracassant tout sur son passage, le laissant avancer en ne laissant dans son sillage qu'un nuage argenté retombant dans un tintement de cristal. Les ténèbres se dirigeaient vers l'unique chose qui leur permettait encore d'exister.

Une guerre se préparait de l'autre côté de l'océan. Un mal se répandait, mais il n'y avait qu'un combat qui vaille la peine pour le roi.

Qu'un seul contrat qu'il lui importait de remplir.

Qu'une seule femme qui méritait encore de lutter.

Il approchait de son but, il le sentait dans ses tripes. Chacun de ses pas le menant plus près encore de l'immense porte de marbre blanc derrière laquelle il savait qu'il la trouverait.

Même pas gardée… personne…

Kalhan riait de cette facilité, le monstre en lui se lamentait de n'avoir personne à briser.

C'est alors qu'une voix grave, âgée, une de celles qui captent l'attention et prêtent à tendre l'oreille, s'éleva depuis l'autre côté.

— Maintenant que tout a été dit.

L'homme que Kalhan supposa être le Roi fit une pause. L'assistance entière se calma, un frisson d'anticipation parcourant certainement les rangs de ces abrutis qui n'attendaient que de voir son âme sœur se fiancer.

À NOUS !

L'immense porte de marbre au montant doré trembla sous la force du monstre qui rugissait à l'entrée de la grande salle.

Il faisait à peine un tiers de sa taille, et pourtant… la puissance du monstre n'avait d'égale que la colère qui régnait en Kalhan.

Forte.

Pure.

Destructrice.

Personne ne le remarqua. Personne ne sentit le courant d'air glacé qui se diffusait déjà sous le battant, personne ne vit le marbre se mettre à bouger, imitant le battement de cœur effréné des deux amants.

Un homme contre une femme.

Un Roi contre une princesse.

Servus Mortis contre Petite reine.

Kalhan contre Neysa.

Deux cœurs ennemis.

Des âmes sœurs bientôt réunies.

Tout se réglerait là.

Il n'y a pas de lumière Neysa, pas pour toi, pas pour moi.

Mes ténèbres sont tiennes comme ta lumière est mienne.

Dans le sang et la douleur.

Dans la vengeance et sans peur.

Entre nous, il n'a jamais été question de douceur.

Alors, vas-y princesse, cède ton cœur.

Je me ferai ensuite un plaisir de te l'arracher pour en déguster la saveur.

L'inspiration que prit à l'unisson la salle réunie devant lui fut comme une bourrasque. Des ténèbres, Kalhan émergea, ses paumes posées sur la blancheur immaculée de la porte qu'il hésitait encore à fracasser.

Ses ongles en griffèrent la surface, marquant de son empreinte la royauté si adulée de ce côté-ci du monde.

— C'est à la princesse de décider, s'éleva la voix du Roi derrière le battant, laissant ses volutes se redresser telles des vipères prêtes à frapper.

Pas encore. Bientôt… leur promit-il.

Elles étaient incontrôlables, plus meurtrières, destructrices, avides de sang qu'elles ne l'avaient jamais été.

À cause d'elle.

— Ma fille.

La voix féminine d'où perçait un timbre similaire à celui qu'il avait mainte fois entendu le sortit de la torpeur noire où il ne cessait de s'enliser, appréciant le froid et les profondeurs sombres où son âme se lamentait.

Oh oui Petite reine, chantonna-t-il d'une voix où perçait mille promesses de souffrance, son visage déformé par un sourire carnassier, *les âmes meurtries font les pires ennemis.*

— Oui, s'éleva alors une voix dont il avait rêvé.

Sa voix.

Elle. Son ennemie.

Elle. La traîtresse.

À nous.

Elle. Son fardeau.

Venge-toi !

Elle. Son pire cauchemar.

Ramène-la ! Garde-la !

Elle. Sa rivale.

À nous !

Elle. Son amante.

La foule retint son souffle alors qu'il la devinait se lever, qu'il imaginait déjà ses longs cheveux cascadant sur ses épaules qu'il voulait enlacer autant que briser. Son être n'était plus qu'une lutte acharnée. Il désirait ses soupirs autant que ses cris, sa bouche ouverte de plaisir autant que lui ôter la vie.

La représentation a assez duré, tonna-t-il enfin sur la même longueur d'onde que son pouvoir.

— Moi… commença la voix vacillante aux notes de cristal.

C'en était trop.

Les battants cédèrent.

La double porte claqua, s'ouvrant sur la foule avec fracas.

Et dans un nuage de ténèbres, Kalhan entra.

Oui, les âmes meurtries font les pires ennemis.

Et le Roi était prêt à revendiquer ce qui lui appartenait.

Elle. Sa Reine.

À suivre…

Chapitre 1

Deux jours après l'Élévation

— T'as sérieusement merdé ! lança Meerena en pénétrant dans l'immense salle du palais de Calhunma.

— Sans blague, je n'étais pas au courant ! répondit Kalhan en se levant de son trône.

Son trône, cette pensée l'énervait et l'effrayait toujours autant.

— Et tu comptes faire quoi pour arranger ça ? demanda la guerrière, les mains sur les hanches, détonnant au milieu des nuances grises de la pièce.

— Je n'en sais rien, répondit l'accusé en levant les paumes au ciel tandis que Dayan et Zékiel pénétraient à leur tour dans la salle du trône.

Ils étaient tous là.

Non, il manquait quelqu'un, il la manquait… *Elle.*

— Bah trouve ! s'énerva Meerena en s'approchant de lui, c'est notre amie !

— Et ma putain d'âme sœur ! s'écria Kalhan en balançant la couronne d'onyx à travers la pièce.

Elle l'était.

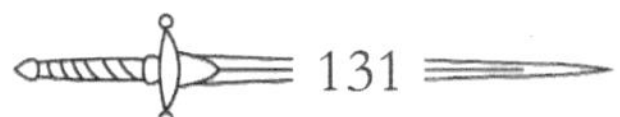

Pour toujours.

À jamais.

— Et elle est au courant de ça, au moins ? demanda Dayan.

— La ferme !! s'exclamèrent les trois autres en chœur.

Kalhan leur tourna le dos, se retenant de faire du mal à ceux qui étaient à ses côtés depuis toutes ces années et qui l'avaient mis en garde.

Ils lui avaient dit de ne pas cacher la vérité à la princesse Crysta-lienne. Ils lui avaient conseillé de nombreuses fois de la lui révéler. Il ne les avait pas écoutés, n'en avait rien fait. Voilà où cela l'avait mené.

Devenir un putain de Roi !

La rage prit le dessus, le coup de poing partit, fissurant en deux le trône vieux de plusieurs siècles. Il n'avait jamais eu aussi mal de toute son existence. L'absence de Neysa était la pire douleur qu'il n'ait jamais eue à endurer. Son âme était déchirée en deux, son cœur, pourtant de pierre, saignait.

— Votre Majesté, tonna une voix en haut des marches près de la porte dans leur dos, la noblesse est arrivée.

Les poils de sa nuque se hérissèrent à ce titre. Celui qu'il avait tou-jours voulu éviter, celui qu'elle l'avait forcé à endosser.

— On va te laisser, murmura Meerena en reculant de quelques pas.

Elle lui tourna le dos, atteignant presque la porte quand elle lui soumit sa pensée.

— Tu devrais essayer de la contacter par votre lien.

— Elle ne veut plus rien avoir à faire avec moi…

C'était bien la première fois que ses trois compagnons l'aperce-vaient abattu. La première fois que les guerriers voyaient ses épaules voutées, entendaient sa voix se briser. Rien n'avait jamais atteint Kal-han de la sorte.

— Essaie quand même, proposa Zékiel en quittant la salle du trône, moi aussi j'ai à lui parler.

— Pourquoi ? exigea Kalhan en traversant la moitié du parterre, Neysa m'a demandé si tu faisais partie de sa famille.

La tristesse avait fait place à la colère, une colère dirigée contre son ami. C'était plus simple ainsi, déverser sa haine contre ceux toujours présents, contre les seuls sur qui il avait toujours pu compter.

Alors qu'elle m'a abandonné, pensa-t-il en sentant ses ténèbres rouler à la surface de sa peau.

— Alors Zékiel, je te le demande, fais-tu partie de sa famille ?

L'espion releva la tête, poings serrés, et Kalhan sut dans le regard de son ami qu'il avait touché un point sensible.

— Ce n'est pas à toi que je dois des explications Kalh…

— Je suis ton Roi ! gronda celui-ci.

Zékiel pouffa en descendant les marches vers le trône fendu. Ils étaient ses amis, peu importe le ton qu'il employait avec eux, jamais ils n'auraient peur de lui. Et s'il devait lui dire d'aller se faire voir, le guerrier n'hésiterait pas.

— Alors joue ton putain de rôle et reçois ces foutus nobles qui veulent te parler ! Nettoie le bordel que tu as mis alors qu'on t'avait prévenu…

— Zékiel… intervint Dayan qui voyait la noirceur envahir l'air autour de leur compagnon.

Il posa une main sur la poitrine de l'espion, l'enjoignant silencieusement à quitter la pièce. Zékiel inspira, étouffant la rage qu'il ressentait envers son meilleur ami. Il était rare qu'il s'énerve, mais quand ça arrivait, tous savaient qu'il valait mieux disparaître. Il tourna les talons, ruant vers la sortie d'où ils entendirent sa voix s'élever.

— RAMÈNE NEYSA ! OU C'EST MOI QUI LE FERAI.

Personne ne se risquait plus à parler. Il n'existait plus qu'un Roi prêt à tout détruire et deux amis n'osant intervenir.

Meerena hocha alors subtilement la tête en direction de Kalhan et se retira pour rejoindre sa chambre, laissant son ami saccager tout ce qu'il voulait.

Elle grimpait les marches menant au cinquième étage du palais de pierres, lorsque la voix qu'elle redoutait depuis deux jours s'éleva dans son dos.

— Meerena ! l'appela Dayan.

Elle ferma les yeux et s'arrêta, enfouissant aussi profondément qu'elle le pouvait les émotions qui tentaient de remonter à la surface

depuis qu'elle l'avait vu se faire torturer. Depuis qu'il avait prononcé les mots qui avaient tout changé.

— Oui, dit-elle en se retournant comme si elle ne savait pas de quoi il allait lui parler.

Dayan s'arrêta en arrivant à sa hauteur, baissant la tête pour regarder sa partenaire.

— Tu es une très mauvaise comédienne, Meer', entama-t-il la discussion, la connaissant par cœur.

Elle croisa les bras sur sa poitrine.

Merde, là j'ai fait une boulette, pensa-t-il.

Il se gratta l'arrière du crâne, cherchant les mots qui le sauveraient de sa mort prochaine.

— Meerena, le reprit-elle en tapant le rythme du pied.

Elle se refusa à le regarder comme il le faisait, sachant que les murs qu'elle avait érigés depuis une décennie risquaient de s'effondrer en un battement de cils. Cette espèce d'abruti avait détruit tous ses foutus remparts en trois mots.

C'était moi.

Il l'avait dit. Après dix années, il avait fallu qu'il le dise.

Elle devait être froide, distante. Elle devait tenir. Le faire comme elle l'avait toujours fait.

— Ça va on peut…

— Non on ne peut pas ! le coupa-t-elle en faisant un pas vers lui, tu as quelque chose à dire ou je peux aller me reposer ?

Et comme à chaque fois, il perdit ses moyens.

— Tu vas bien ? bredouilla-t-il en ne sachant plus quoi dire d'autre.

— Tu veux dire après avoir été torturée ? Vous avoir vu vous faire battre ? Avoir eu les côtes brisées et cru que j'allais mourir ? Ou maintenant que mon amie est retournée dans son pays sans un mot à cause de notre mensonge à tous et dont on fait porter le poids à Kalhan ?

Oupsi…

Il ouvrit la bouche.

C'était mal la connaître.

— Ou peut-être que tu parles de ce que tu m'as dit en imaginant que tu allais mourir ?

Dayan devint livide.

Oui, il voulait parler de ça, mais jamais il n'aurait pensé la voir dans un tel état. Il avait cru la perdre, il ne voulait plus jamais revivre ça.

Il avait imaginé qu'avec ce qu'elle lui avait dit…

Si elle savait que s'était lui alors…

— Je pensais que c'était un accord tacite entre nous, s'énerva Meerena en serrant les poings plus fort encore, qu'on faisait comme si de rien n'était et qu'on n'aurait jamais besoin d'en parler…

Elle le désigna du menton, un air de dégoût sur son visage malgré la tristesse qui emplissait son cœur.

Apparemment il s'était trompé.

— Meer'… tenta-t-il avant qu'elle ne lui coupe l'herbe sous le pied.

— Je ne veux plus parler de ça, tu comprends ? Je ne veux plus jamais y repenser !

Elle recula de quelques pas en secouant la tête, lui assénant le coup de grâce.

— J'aimerais que ça ne soit jamais arrivé, souffla-t-elle, mais c'est le cas. Te voir t'en souvenir me donne à nouveau envie de m'ouvrir les veines alors par pitié, Dayan, oublie ça…

Il déglutit péniblement, mettant de la distance entre eux avant de lui tourner le dos, blessé.

Qu'avait-il donc espéré ?

Meerena attendit qu'il soit hors de portée de vue pour desserrer ses dents qui grinçaient et ses doigts qui craquaient. Un claquement de langue désapprobateur la fit sursauter. Elle se retourna vivement, ayant déjà reconnu l'origine du son.

Adossé à l'une des statues de pierre, *foutue pierre*, Zékiel la regardait, dépité.

Quoi ? lui demanda-t-elle dans un haussement d'épaules significatif.

— Le « ça » dont tu parlais Meer', je ne suis pas sûr que ce soit celui qu'il ait compris.

Elle tiqua, ne voyant pas ce que voulait dire son ami de longue date.

— C'est très clair pourtant, affirma-t-elle en croisant les bras.

On ne peut pas faire plus limpide, s'énerva-t-elle, se souvenant encore avec difficulté dans quelle situation elle se trouvait lorsqu'ils l'avaient sauvée.

— Qu'il pense que tu fais référence à ce qu'il s'est passé entre vous.

— Qu…quo…quoi… ? bégaya la guerrière en écarquillant les yeux.

Non, non, ce n'est pas ça que je voulais dire, pensa-t-elle, ses bras retombant le long de ses jambes.

— Je parlais de….

Sa phrase mourut dans sa bouche. Une décennie plus tard, elle ne pouvait toujours pas exprimer à voix haute ce qui lui était arrivé.

— J'étais là, je te rappelle, la rassura son ami en faisant un pas vers elle, je sais ce que tu voulais dire, de quoi tu parlais, mais lui…

Il désigna d'un signe de tête l'escalier dans le dos de la guerrière et sourit lorsqu'elle tourna les talons et le dévala en soufflant comme un bœuf.

— Attends, espèce d'imbécile ! cria-t-elle après l'homme qui avait disparu.

Remerciements

Merci à celui qui partage ma vie et me laisse le répudier dans la chambre pour pouvoir écrire.

Merci à mes amies qui m'entourent et partagent cette aventure à mes côtés.

Merci à ma Maëline, pour ça et tant d'autres choses.

Merci à ma famille qui est là pour chaque projet.

À mes alpha et bêta lectrices qui sont au taquet !

À mes graphistes, illustrateur(trices), correctrices et tous ceux qui sont dans les coulisses et que vous ne voyez pas, mais qui déchirent !

Merci à Anna Wendell de m'avoir à nouveau fait pleurer avec cette cover ! Je te déteste, mais qu'est-ce que je l'adore.

Merci à mes partenaires du tonnerre ! Elles sont là, elles me crient dessus et m'encouragent chaque jour ! Vous êtes géniales !

Et merci à vous lectrices et lecteurs. Je pourrais l'écrire mille fois que cela ne suffirait pas à exprimer ma gratitude.

À très vite.

EJ JANN

Retrouvez l'intégralité de mes livres sur :
https://ej-jann-auteure.fr

Et n'hésitez pas à laisser une note ou votre avis sur Amazon si vous avez aimé !

www.ingramcontent.com/pod-product-compliance
Lightning Source LLC
LaVergne TN
LVHW091716190726
843493LV00001B/328